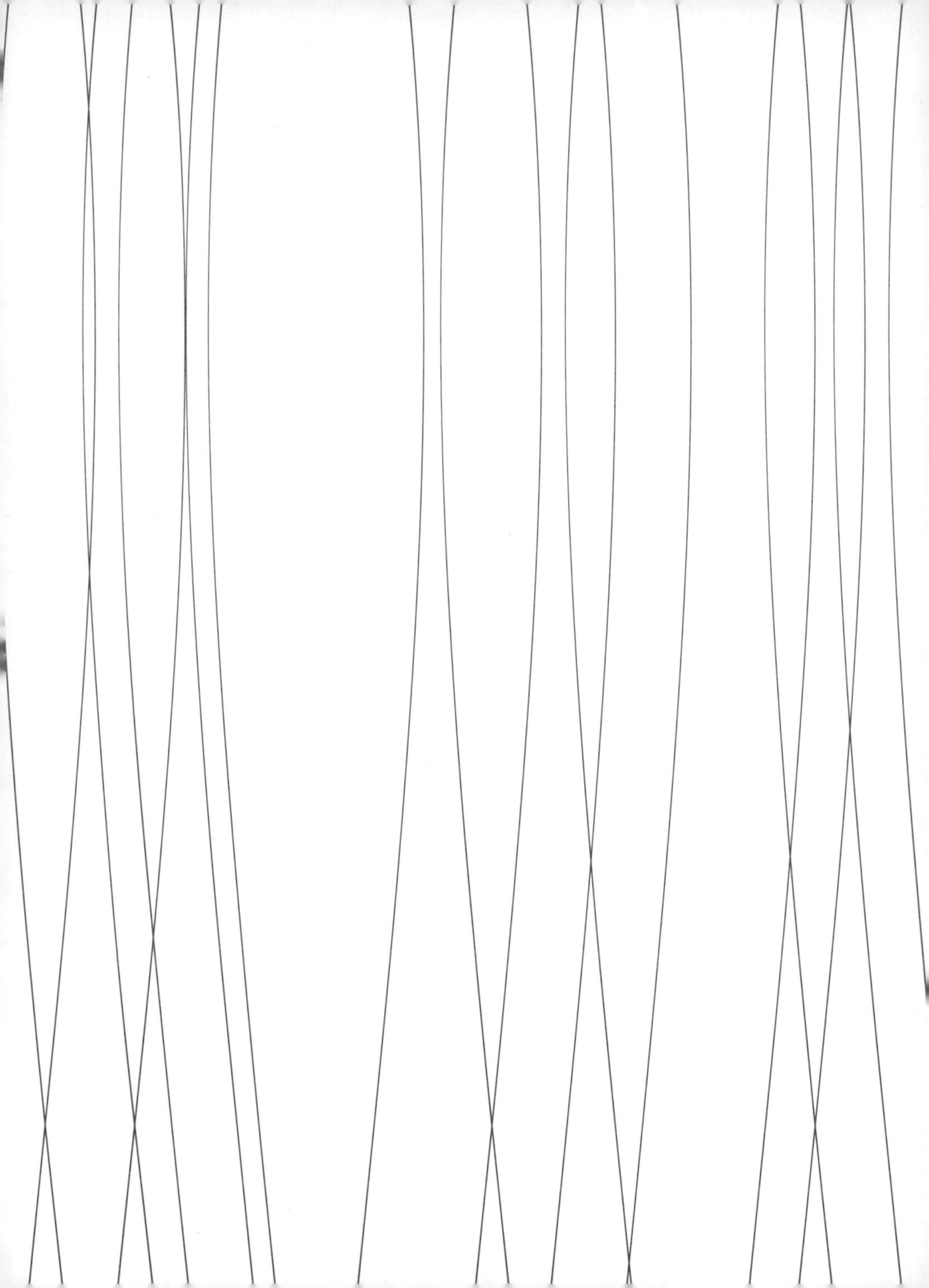

黃金之葉

行進於知識的密林裡，
途徑如此幽微。
我們尋覓一些參天古木，作為指標，
我們也收集一些或隱或現的黃金之葉，引為快樂。

黃金之葉 01

Net and Books 網路與書

在自己房間裡的旅行

Voyage autour de ma chambre

作者：薩米耶 · 德梅斯特（Xavier de Maistre）
譯者：嚴慧瑩
責任編輯：劉慧麗
封面設計：許慈力
版面構成：吉松薛爾

出版者：英屬蓋曼群島商網路與書股份有限公司台灣分公司
發行：大塊文化出版股份有限公司
台北市 10550 南京東路四段 25 號 11 樓
www.locuspublishing.com
TEL：(02)8712-3898　FAX：(02)8712-3897
讀者服務專線：0800-006689
郵撥帳號：18955675　戶名：大塊文化出版股份有限公司
法律顧問：董安丹律師、顧慕堯律師

總經銷：大和書報圖書股份有限公司
地址：新北市新莊區五工五路 2 號
TEL：(02)8990-2588　FAX：(02)2290-1658
製版：瑞豐實業股份有限公司

初版一刷：2005 年 10 月
二版一刷：2020 年 4 月
定價：新台幣 250 元
ISBN：978-986-97603-9-3

Printed in Taiwan

國家圖書館出版品預行編目 (CIP) 資料

在自己房間裡的旅行 / 薩米耶 · 德梅斯特 (Xavier de Maistre) 著 ；嚴慧瑩譯 . -- 二版 . -- 台北市 : 網路與書 , 2020.04
128 面 ; 14.8*19.5 公分 . -- (黃金之葉 ; 01)
譯自 : Voyage autour de ma chambre
ISBN 978-986-97603-9-3 (平裝)

876.6　　109004179

在自己房間裡的旅行

薩米耶・德梅斯特 Xavier de Maistre——著

南方朔——導讀　嚴慧瑩——譯

Voyage autour de ma chambre

導讀

在孤獨中照見自己

南方朔

十八世紀和十九世紀之交，在跨阿爾卑斯山地區有個薩伏伊公國，這個公國出了一對頗具知名度的貴族世家兄弟。

哥哥約瑟夫・德梅斯特（Joseph de Maistre, 1753-1821），他出生於薩伏伊的首府尚貝里，一七九八年間，法國兼併薩伏伊時，他流亡瑞士，後來投奔皮德蒙—薩丁尼亞王國，擔任駐聖彼得堡大使。他後來的大半生都在今天的義大利北部度過，是那個時代歐洲擁護王權的著名保守政治哲學家。

弟弟則是薩米耶・德梅斯特（Xavier de Maistre, 1763-1852），是小說家、畫家兼軍人，他在法國兼併薩伏伊後，流亡俄羅斯做到將軍的職位，他後來的一生都在俄羅斯度過。他的主要著作包括了《在自己的房間裡旅行》（一七九四年）、《高加索的囚徒》和《西伯利亞的年輕女子》（皆一八二五年），其中的《在自己的房間裡旅行》是本有趣的小冊，它讓人體會到，雖困居一室之內，但只要能思能想能讀，把這段日子看作是個旅程，則不僅可以讓自己脫離空間的桎梏，奔放於外，這個旅程還可以強化人們的感覺體會能力，讓以前麻木的變敏銳，以前的自大專擅則可翻轉成謙卑自抑。在自己的房間裡旅行，世人們替自己的心找到鏡子，俾能在孤獨中照見自己。從一粒砂都可看出世界，自己的房間又怎麼可能不成為更大的心靈資產？

我們當知道，西方從中古以降即因尚武而流行決鬥。到了一六五〇年代，歐洲各王室才相繼明令禁絕。有的把決鬥轉變成不涉及生死的儀式，有的則把違法私鬥者加以懲處。薩米耶作為軍人，年少氣盛而私鬥，遂被罰禁足四十二天，於是遂有了這部接近「隨想錄」性質的小冊問世。

這部小冊寫作的時候，薩米耶乃薩伏伊公國的貴族少年軍官，因而他的隨想筆記裡遂自然而然地傳遞出許多上流社會的風俗，如少年軍官喜歡向貴婦美女諂媚逢迎，上流社會也熱衷於搞派對；而作為貴族畫家，他也有許多價值不菲的收藏。這些風俗誌的紀錄可以讓人們對那個時代喬張作致的貴族生活方式多出許多非常精確的理解。

而除了風俗誌的部分外，這本小冊最發人深省的，當然仍是他在自己房間裡閱讀與反思的部分了。在閱讀的部分，它讓自己的心靈隨著書本而飛出了房間之外，自由自在地翱翔，閱讀的樂趣因此而更加豐沛。除了閱讀書本外，他也重新閱讀自己收藏的繪畫與版畫。由於心情的轉化，他在畫面裡也讀出了更多的訊息，如對不幸者的悲憫和義憤，讓自己素質裡比較好的那一面被喚起。十六世紀法國思想家蒙田有見於當時的世局紛紛，因而退隱到自己的家裡，與孤獨為友，以書本為師，做了一場心靈探索的旅程，而後出山，立即不同凡響。在自己的房間裡旅行，其實是大有用的。

而除了這些部分外，這個小冊裡更有啓發性的，乃是在這四十二天裡，他的感性倍增，更能去體會細膩的人間互動，因而他遂說，從僕人與我的狗身上學到哲學與人文的教訓。此外，他也察覺到上流社會的許多虛假性。人在孤獨中更能照見自己，並產生智慧。

遠自希臘時代開始，如何為更好的自己建構出一種說辭，一直是人們關切的問題，由「靈肉二元論」最後過渡到佛洛伊德的「超我—自我—慾我」的三層次論，而在這本小冊裡，薩米耶則在「獸性—靈魂」的二元觀點上反覆說明。由於他不是嚴格的思想工作者，難免說得牽強模糊。但他至少知道，人有一個更好的自己，那個自己要在面對自己的旅行中去尋找。

把人生比喻成旅行，為的是找到更好的自己，對於真正的旅行，看盡千山異國，不也同樣要以返回到自身為最後目標嗎？

（本文作者為文化評論家）

1

展開一個新的事業生涯是多麼光榮的事，突然置身於學者的世界，手裡亮著一本探索發現的書，像一顆耀眼的彗星出其不意地劃破長空！

不，我不想繼續把這本書藏在心中：它就在這裡，各位，讀它吧！我在自己的房間裡展開了爲期四十二天的旅行，期間所做的有趣觀察和整個旅行中愉快的感覺，都讓我想將它公諸於世；眞正決定這麼做，是我相信這個經驗會對大眾有所助益。想到這麼多不幸的人能拿我提供的個人經驗排遣寂寥，或在煎熬痛苦中得到安慰，我心中便充滿無法言喻的滿足。在自己房間裡旅行所得到的樂趣，絕對不會因別人的忌妒而稍減：因爲它不花一毛錢。

我相信所有明智的人都會採用我的方法，不管他的性情、個性如何，是吝嗇或揮霍、是富有或貧窮、是年輕或年老、是出生在熱帶或寒極，都可以從事和我一樣的旅行；總之，活在地球表面的眾生，沒有一個人讀了本書之後，會不嚮往我向世人推薦的這種嶄新的旅行方式。

2

在歌頌我的旅行之前，我首先要說的就是它沒花我一毛錢，這一點是不容忽視的。首先，那些阮囊羞澀的人都會立刻欣然接納；可是對另外一個階層的人會更有吸引力，原因正是因爲它不花一毛錢。哪一個階層的人呢？啊！這還需要問嗎？就是那些荷包滿滿的有錢人啊！更加上，這種方式的旅行難道不是專爲體質孱弱的人而設的嗎？根本不必擔心天氣不好、季節不對。對膽小鬼來說，也不必害怕偷兒下手，既不會遇到危險也不會走到泥坑。在我之前的千萬人，不管是不敢、是不能、或是從來沒想到要旅行的人，都將追隨我的例子展開旅程。就算最懶、最麻木不仁的人，難道還會猶豫和我一起上路，領受一段既不費神又不花錢的愉快旅行嗎？提起勁來吧，出發了！

跟隨著我——所有情海生波、朋友反義的同胞們——讓我們把自己關在房間裡，遠離塵世的薄倖和人群的寡義。世間所有不幸、病痛、寂寥的人都跟隨我吧！所有的懶骨頭都站起來吧！還有你，只因某人的背叛就滿腦子盡是改變生命、退隱的有害計畫；以及妳，把自己關在貴婦人小客廳裡棄絕塵世的女士；還有你，突然某個晚上毫無邀約的隱士，都跟我來吧！反正一個晚宴的歡愉也不會讓你增長多少智慧：請你們都來陪伴我這一趟旅行吧；我們一路不疾不徐，恥笑那些誇口到過羅馬或巴黎的人——沒有任何事情可以阻礙我們；讓我們的想像力快活地馳騁奔馳，只需跟隨它帶我們到處雲遊。

3

這個世界上好奇的人還眞多呀！

我相信大家一定想知道，爲什麼我在房間裡的旅行爲期四十二天，而非四十三天，或是另外一個天數；該怎麼回答讀者呢？因爲連我也不知道爲什麼。我唯一可說的是，如果本書太冗長的話，我也無法縮減章節，因爲我必須確實待上四十二天：儘管旅行者都愛滔滔不絕描述他的旅行，我大可以只寫一章節就夠了。沒錯，我在房間裡既舒服又開心，但是，唉！我可不能隨便走出房間①；我相信若不是幾位有力朋友的關心和幫忙——我對他們的感激，未曾稍減——我被迫待在房間裡的時間或許可以完成一本長篇大作：因爲那些逼迫我從事房間裡旅行的人，滿心想讓我摒除雜念，在房間裡安靜寫作！

①譯注：作者身為少尉，因一場決鬥事件被處罰關禁閉四十二天不得出房間。

然而，明白事理的讀者們，你們一定可以看清楚那些人錯得多離譜啊，如果你們願意的話，請聽我娓娓道來緣由。

如果某人不小心踩到你的腳；某人在你做錯了事、心情不好時不小心說了幾句不合時宜的話；或是某人倒楣地被你的情婦看上；你邀他決鬥，以性命相博，這難道不是天底下最自然又最合理的反應嗎？

我們相約到原野上，就像《暴發戶》②裡尼古拉與主人決鬥的場景一樣，以三回劍、四回劍劍法相鬥：爲了讓報復行動完整而成功，你對他敞開前胸；爲了報復對方，自己也冒上被敵人殺死的危險。各位，這難道不是合乎邏輯的事嗎，可是還是有人不贊成這個値得歌頌的習俗。更令人覺得奇怪的，偏偏就是這些不贊成、硬把決鬥視爲大錯的人，把不肯犯這個錯的人看得更低。哪個倒楣的傢伙想要符合他們的觀念而忍氣呑聲，必定會失去名聲與職位；意思也就是說，如果有人不幸招惹上所謂的「決鬥事件」，只好聽天由命，看是由法令或是由常規來裁決，加之，法令與常規經常背道而馳，法官只好擲骰子決定判處——不用說，就是這種情況下所作的裁定，決定了爲什麼我在自己房間裡的旅行，爲時不多不少正好是四十二天。

②《暴發戶》(*Le Bourgeois gentilhomme*)，法國喜劇之父莫里哀（Molière, 1622-1673）的作品。

4

我的房間位於北緯四十五度，這是根據貝卡利亞神父③所做的丈量。房間坐東朝西，呈長方形，貼著牆繞一圈的話共三十六步。可是我的旅行範圍一點也不侷促，因為我直著走、橫著走、斜著走，既不講求規則也不遵循方法。有時我還走之字形，如果有需要，我也嘗試各種幾何路徑。我不欣賞走路、思考都要按照嚴謹規矩來的人，他們會說：「今天我要去三個地方、要寫四封信、已經著手寫的作品要完成。」——我的心胸向各種想法和情感開放，貪婪地接受所有出現在我面前的一切！……為何要拒絕在人生困難路途上能夠偶然得之的喜樂呢？它們如此難得，散落四方，只有瘋子才會不停下腳步，甚或繞一段遠路，擷取所有手邊能得到的喜樂。

我認為最刺激的，就是隨著意念任意而行，像獵人追捕野禽一樣，完全

③貝卡利亞神父（Beccaria, 1716-1781），義大利知名物理學家。

沒有既定路線。就算在房間裡的旅行，我也絕少循直線而行：我從桌子走向一幅掛在牆角的畫，之後又斜角朝門走去；儘管本意是朝某個目的地，我卻經常半途改變方向，如果走到一半遇到扶手椅，我可不會死腦筋，我會毫不猶豫地舒舒坦坦往上一坐——扶手椅眞是一種完美至極的傢俱，尤其是愛好沉思者最有用處的東西。漫長的冬日夜晚，最溫暖也最保險的做法，就是遠離喧囂與人群，壁爐裡生一盆火、幾本書、幾枝筆，所有寂寥一掃而空！最好連書本和筆也拋在一旁，一邊撥弄爐火一邊悠然冥想，構思幾句讓朋友們發笑的詩詞。時光便如此不知不覺滑過，注入亙古的沉默，而我們一點也不會察覺它憂傷地經過。

5

從扶手椅往北走，就會看到我的床，它位於房間底端，一看到它就令人滿心歡喜。它所在的方位極佳：早晨第一縷陽光照上窗簾——在美好的夏日早晨，我可以看見光線在窗簾上舞動，隨著太陽升起，窗戶前的榆樹把光線分割成千百種變化，投射在我玫瑰紅和白色相間的床上，暈染成一片溫柔的色調。盈耳的是在屋頂上跳躍的燕子發出的呢喃，在榆樹上築巢的鳥兒們也一起合唱：此時，千百個愉快的念頭在腦袋裡迴旋，世界上沒有人比我的甦醒更愉悅、更祥和的了。

我承認自己喜歡沉浸在這種溫柔的時刻，並盡量拖長這一刻，恣意享受在溫暖的床上冥想的愉悅。或許我沉浸的不是這張叫做床的傢俱，而是一個充滿想像空間、喚起內心最溫柔思維的舞台？心思純潔的讀者們，別驚惶——我指的是一個丈夫在床上第一次把忠貞的妻子擁在懷裡的幸福，那種不可抹滅的幸福，唉，我悲慘的命運註定與之無緣！難道不是在床上，一個剛產下兒子充滿喜悅的母親，忘懷分娩之痛？這些由想像與希望交織而成的愉悅在我們心裡激盪。總之，在這件可人的傢俱上，我們花一半的生命來忘懷另一半生命裡的苦痛。我腦中充滿無數既愉快又悲傷的想法，交雜浮現種種既恐怖又美妙的情景！

我們誕生在床上，也死於床上，這是一個舞台，人類在上面演出一幕幕感人的悲劇、可笑的滑稽戲、恐怖的驚悚戲。

它是一個花朵環繞的搖籃；

是愛情的寶座；

是一窟墳塚。

6

這一章節純粹只寫給形而上學家們看，我將明白闡釋人類的本質：它就像一面稜鏡，分析、分解人類的特性，將人身上殘留的動物性衝動與智慧的光輝一分為二，劃分開來。

我無法解釋自己怎麼會、又何以在旅程一開始就燙傷了手指，除非我先向讀者諸君們大致解說我的「靈魂與獸性」學說——這個形而上的發現影響我的想法與行為如此深遠，如果不在本書開頭就為讀者指點迷津，接下來的敘述就會窒礙難懂。

經過多方觀察，我發現人是由一個「靈魂」和一個「獸性」組合而成——這兩者截然相反，卻又互相嵌合，或說彼此重疊，必須是在靈魂駕馭獸性的時刻才能分辨出這兩者。

我記得一位老教授(很久很久以前的記憶了)曾跟我說，柏拉圖稱那個東西爲「他我」，這個稱呼很不錯，但是我還是覺得把那個和我靈魂不可分的東西稱爲「獸性」會更恰當。的確是這個「他我」以一種詭異的方式時時刻刻戲弄著我們！我們大致察覺出人是有兩面的，但是大家都以爲這兩面是靈魂與肉體，並不時把過錯怪罪到肉體上，根本是怪錯對象了，因爲肉體既無法感知也無法思考，該怪的是「獸性」，它能夠感知，又和靈魂截然分開，是個「獨立的個體」，有獨立的存在、有它的喜好、它的傾向、它的意志，它比一般動物身上的動物性高超一點的地方，只不過是它受到比較好的啓發、所存在的軀體比較高等，如此而已。

先生女士們，你們愛怎麼自誇自己的聰明都好，不過千萬要小心自己體內的那個「他我」，尤其是當它與靈魂在一起的時候！

這不相合的兩者衝突的經驗我不知有多少，比如說，我清楚知道靈魂有時候會駕馭獸性，但有的時候獸性威力大發，會驅使靈魂違反心意而行。用法律術語來說，一個擁有立法權，另一個擁有執法權，而這兩者經常發生衝突——一個有智慧的能人，能夠好好調教他的獸性，讓它不發生干擾，一旦靈魂擺脫獸性惱人的糾纏，就能提升到高超的境界。

且讓我舉個例子解釋清楚。

當你正念著一本書，一個美妙的思緒突然鑽進腦子裡，靈魂便立刻追尋這個思緒而去，忘懷手上的書，然而此時眼睛仍機械性地持續一行一行字句往下看，看完了一頁什麼也沒看懂，看了什麼也渾然不知。這就是靈魂命令它的友伴繼續下去，根本沒有告知對方它其實已經神遊他方。也就是說，「他我」繼續著閱讀的工作，靈魂卻早已缺席。

7

你還是覺得不清楚嗎？讓我再舉一個例子。

去年夏季裡的某一天，我正往宮廷走去，整個早上我都在畫畫，因此靈魂還沉浸在對畫作的思考裡，只讓「獸性」帶著身軀往皇宮走去。

「繪畫眞是最崇高的藝術表現！」我的靈魂如是想，「那些爲大自然的壯闊所震撼的人多幸運呀，他們不必靠畫圖維生，也不完全是爲了打發時間而作畫，他們感受到某個人體的美感，以及光線變化在人臉上投射出千百種色調，而拿起畫筆貼近大自然的神聖！更幸運的是那些因爲對大自然的讚詠而投身於孤獨漫步的畫家，他們在畫布上以陰鬱的森林或荒蕪的鄉野表達內心的悲傷幽情！他們的作品模仿、重現大自然，創造出全新的海洋和不見天日的洞穴：只要畫筆一揮，綠蔥蔥的樹林從無中生有，湛藍的穹蒼投射在畫布上，他們的技巧如此精湛，讓人感受到空氣的變化、一股暴風雨欲來風滿樓的氣氛。另一幅作品，呈現在欣賞者被蠱惑雙眼之前的，是西西里島幻妙的原野：穿過叢叢蘆草，我們看見被森林之神追逐奔逃的眾仙女；雄偉的神廟在龐然的森林間矗立巍峨的門楣：我們的想像力馳騁在這幅浩然的風景裡，灰藍色調的遠方與天空合而爲一，整片風景倒映在沉靜的河水裡，創造出言語無法形容的絕美景象。

正當我的靈魂沉醉在這個思緒裡，「他我」自行往前，老天知道它把我帶到哪兒了！它沒有接受指令前往宮廷，反而逕自朝左方偏離，當靈魂回殼的時候，我才發現他我把我帶到了侯卡薩夫人的門前，距離皇宮約莫半里之遠！如果任由它繼續把我帶進美貌如侯卡薩夫人的門裡的話，後果只能由讀者自己去猜測了。

8

靈魂能擺脫「他我」，由它負責帶領身軀，自己則神遊他方，這當然是很便利、很愉快的事，但還是有其缺點。比如說正是因爲它，我才會發生前幾個章節所提到燙傷手指的意外。

準備早點的工作我通常委託「獸性」去執行，它負責把麵包烤好切片。煮咖啡它很在行，經常靈魂連指令都不必下，它就主動把咖啡煮好了。有的時候靈魂也會旁觀獸性幹活的情形，不過這樣的機會很少，而且也很難做到，因爲一旦開始做著機械性的事，靈魂便很容易會不由自主地思考起別的事；人絕少注視自己正在做的事——用我的學說來解釋的話，派遣靈魂去檢驗「他我」的行動、仔細旁觀它的動作而不加入，實在很難，我認爲這是人類最驚人的形而上的力量。

我用麵包鉗夾住麵包放在炭火上烤的時候，靈魂又不知神遊何方去了，突然一陣濃煙飄散在房間，於是愚蠢的「獸性」命令手去拿麵包鉗，手指也就因此而燙傷了。

9

我希望前幾章的鋪陳，甚至自己也能在這個光輝的層面得到發現：如果有一天你眞能讓靈魂獨自旅行，一定受益良多，雖然途中可能會引發一些小意外，但是這個特異能力所能帶給你的喜悅將遠勝於意外帶來的結果。擴展自己的存在——既身在塵世又神遊仙境——等於是把自己一增爲二，世間有什麼比這個更讓人滿足、快樂的呢？人永遠無法滿足的無止境慾望，不就是增加自己的能力與權力、想成爲自己不是的那個樣子、放不下過去又想活在將來？他想統御大軍、想身爲學術泰斗、想被美人兒愛的死去活來；可一旦這些都擁有了，他又想回歸田園、夢想牧羊人的寧靜小木屋。但是他的計畫與希望最終是徒勞一場，因爲人類天性上的不幸缺陷，他的計畫與希望最終是徒勞一場，永遠無法找到幸福。然而只消陪我旅行一刻鐘，我將指點各位一條康莊大道。

啊！爲什麼不讓「他我」去傷這些無聊的腦筋、去處理這些惱人的慾望呢？來吧，不幸的可憐人！鼓起勇氣掙脫牢籠，提昇自己到天上來，我將帶領你到七重天上，置身於所有星球之間！

何不讓被你拋棄在塵世的「獸性」自己去汲汲營營追求財富與快樂，看著它在眾人中狀似嚴肅地前進，人群恭敬地爲它讓路——相信我，沒有人看出他的靈魂已棄它而去，在它信步遊走的人群裡，沒有一個人在乎它是否與靈魂相合、是否擁有思考能力。千百個多情的女人瘋狂得愛慕著它，根本不知它只是「獸性」而已；不必靈魂插手，它甚至可以得到崇高的地位和極大的財富。當你的靈魂從七重天重返人世，發現自己的「他我」已成了人人敬重的大老爺，我也壓根不會驚訝。

10

請不要以爲我不守信用，以爲我在房間裡旅行只是口頭說說，並沒有眞正履行：你這麼想就錯了，旅行不但眞的進行了，旅途當中我的靈魂還出了殼——如同前一章所描述的，在形而上的世界裡繞了一圈。

我坐在扶手椅上，幾乎是半躺在上面，椅子的兩支前腳被我身體的重量壓得翹離了地面兩吋，我在椅子上不斷由左往右搖晃，不知不覺整個人就移到了牆邊——這就是我從容旅行的方式。

我的手機械性地把掛在牆上的侯卡薩夫人畫像取下，「他我」開始擦拭畫上的灰塵。這件差使讓它感到一股祥和的愉悅，靈魂此時雖雲遊在浩瀚的天際，也感受到了這股愉悅：因爲當靈魂神遊他方時，仍與感官相連，換言之，它一邊做自己的事，還一邊分享「他我」所感受到的愉悅；如果愉悅的感受太過強烈，或是看到一個令人吃驚的景象，靈魂就會以閃電般的速度回到身體裡來。

這就是我在擦拭畫像時發生的情況。

當抹布把灰塵抹去，逐漸露出侯卡薩夫人金黃色的捲髮、纏繞於髮際的玫瑰花瓣時，正在太陽附近暢遊的靈魂感到一股輕微的愉悅顫抖，和我的心快樂地分享這份感覺。當她美麗臉龐的額頭一瞬間出現在抹布下的時候，這股愉悅的感覺變得清晰而強烈，我的靈魂立刻從天際飛回，以便享受這個畫面，就算它正在天堂樂園遨遊，或正在聽天使合唱，也不會再多停留半秒鐘。

當它的友伴對手上正在做的事愈來愈感興趣，無所顧忌地拿起一塊濕海綿，一股腦擦下，露出眉毛和眼睛—鼻子—臉頰—那張小嘴——喔，神啊！我的心砰砰跳，還有下巴、胸部，一瞬間畫像整個重生，從遺忘的記憶中浮現。我的靈魂像流星一樣從天空奔回地面，發現「他我」沉醉在狂喜陶然的境界，靈魂前來一起分享這份喜悅，使狂喜的程度更加倍了。這個奇特、突如其來的情況讓時空一下子消失，我突然回到過去，違反時光定律變年輕了。

是的，她就在這裡，我愛慕的女人，正是她本人：我看著她微微一笑，可能馬上要開口說她愛我。那個眼神喔！快點讓我緊緊抱妳入懷，我生命的靈魂，我存在的理由！快來分享我的迷醉和快樂吧！這一刻雖然短暫但卻如此愉快。無奈冷靜的理智很快又掌握局面，才一眨眼我便整整老了一歲，我的心冷卻冰凍，再次被打回到疏離淡漠的芸芸眾生裡。

11

事情應該一件接一件說才對：我急著想把「靈魂與獸性」學說向讀者解釋清楚，就把對我的床的描寫暫且拋在一邊了；一旦我解釋完畢，就會從上一章中斷的地方繼續我的旅程。我只希望讀者不要忘記我前面提到的畫像之事——「他我」此時還拿著本來掛在書桌旁邊牆上的侯卡薩夫人的畫像——因爲我稍後還會提到畫像。

提到床的時候，我忘了給各位一個忠告：床的顏色要選玫瑰紅和白色相間的。顏色對人的影響是無庸置疑的，些微的色調差異都能夠引人快樂或是悲傷——玫瑰紅與白色是代表喜悅、幸福的兩個顏色。大自然讓玫瑰成爲花中之后，也就代表這個顏色的高貴；當天空昭示美好的一天將要開始的時候，朝陽把清爽無雲的天空也染成玫瑰紅。

記得有一天，我們吃力地攀爬在一條陡峭的路上，親切可人的羅莎莉走在前面，步伐靈敏像是身上長了翅膀，把我們遠遠地拋在後面。她站在小丘頂上，停下來喘口氣，並回過頭來嘲笑我們走得太慢。此時，我剛才頌讚的那兩個顏色以最完美的方式呈現：著了火的雙頰，珊瑚紅的雙唇，牙齒晶亮，脖子白皙，襯著一片綠色的背景，讓我們眼睛一亮，停下來欣賞她的模樣；她那湛藍的眼睛和看我們的眼神我就不詳述了，否則會離題太遠，甚至我必須克制自己盡量不想到她。只要把剛才那兩個顏色駕馭其他顏色的例子，以及它們帶給人的愉悅感受說完就夠了。

今天就寫到這裡了，還有什麼其他有意思的題目可說的呢？我腦中的思緒不是都被她佔據了嗎？我甚至覺得無法再繼續寫下去了。如果讀者希望我繼續寫、希望讀到本書結局，就必須祈求靈感降臨我心，必須祈求這小丘上的影像不再獨占我的思緒，必須祈求我不再被所有片段零碎的奇想分心。

要不然，我的旅行勢必無法再繼續了。

12

小丘

13

所有的努力都是徒勞；我必須放下手邊的事情，不管我願不願意都得待在房間裡，這是軍令。

14

我說過我特別喜歡在溫馨柔軟的床上冥想，它令人舒服的色調也是我喜歡窩在上頭的一大原因。

爲了好好享受這一刻，我命令僕人在我決定起床的半個鐘頭前才可以進房間。我聽見他輕聲走路、在房間裡不經意地摸東摸西，這個聲音讓我昏昏欲睡得更加愉快，這種愉快的感受是許多人所陌生的。

在這半睡半醒的一刻，腦袋的清醒程度足以讓我察覺自己並沒有沉睡，恍惚中告訴自己離處理日常事務、無聊差使的時間也還沒到。我的忠僕不自覺發出的聲音漸漸變大——自我控制是多麼困難的事，加上他知道決定性的起床時刻就快到了——他看看我的錶，敲敲錶鍊表示該起床了，我假裝沒聽到。爲了延長這甜美的一刻，我對忠僕無所不用其極，想盡所有的命令叫他去執行，以便多貪戀一下床榻。他很清楚我滿臉不高興下達的命令，都只是想多賴一下床的藉口，卻裝做毫無察覺，光這一點就讓我對他感激萬分。

當我所有辦法都用盡、無計可施的時候，他走到房間中央，就站在那裡，雙手交叉胸前，一動也不動。

大家必須承認，這個譴責我貪懶賴床的方式充滿智慧而且含蓄，讓人無法不從，我伸開雙手表示我明白了，隨之坐起身來。

請讀者思考一下我僕人的做法，大家一定會贊同在某些敏感的情況下——例如我賴床這個情況——簡單、通情達理的做法會比機靈的技巧來得有效多了。我敢打包票說，針對懶惰的壞處所做的最嚴謹、最博學言論，都不會像強納堤無聲的譴責讓我立刻下決心起床。

強納堤是個極爲誠實善良的好人，同時也是像我這樣的旅行者最佳的伴侶。他很習慣我的靈魂不時會四處亂跑，他不會嘲笑「他我」笨手笨腳，甚至常常在它落單的時候適時指揮，甚至可以說「他我」是由他和我的兩個靈魂在共同主導。比如說當「他我」穿衣服時，他會以手勢告訴我它把襪子穿反了、把風衣穿在外套裡頭之類的——我的靈魂還經常興致盎然地看著可憐的好強納堤一路狂奔，直跑到城門下告知「他我」忘了戴帽子、忘了帶手帕。

有一次（提到這件事還眞丟臉）如果不是這個忠僕在樓梯腳硬生生攔下，沒頭沒腦的「他我」沒配劍就準備上宮廷，說不定還想學宮廷禮儀舉杖的執事一樣，待要舉起寶劍時才發現根本忘了佩戴呢！

15

「強納堤，把畫像掛回原位。」我對他說。他幫我一起擦拭畫像，可是完全沒意識到在擦拭過程中，畫像對我造成的震撼以及引發的胡思亂想。明明正是他狀不經心地把濕海綿遞到我手上，才讓我的靈魂一瞬間跑了八千里路之遠呢！他沒立刻把畫像掛回牆上，還拿在手中擦拭，我察覺他臉上帶著一股狐疑，好像遇到一個困難的問題找不到答案。我說：

「怎麼，你對這幅畫像還有什麼意見要發表嗎？」

「喔！沒有，先生。」

「爲什麼不說出來呢？」

他把畫像放在我書桌上的一個書架上，並退後幾步：

「先生可否告訴我，爲什麼無論我在房間裡什麼地方，畫像的眼睛都一直盯著我瞧呢？早上我整理床鋪時，她的臉朝向我，當我走到窗戶旁邊，她的眼睛還是一路跟著我。」

我對他說：

「強納堤，照你這麼說，如果房間裡擠滿了人，這位美人的眼光也會跟隨所有人的走向囉？」

「喔！我想是的，先生。」

「她也會像對我一樣，對著所有來來去去的人微笑囉？」

強納堤沒有回答。我在扶手椅上坐下，低下頭，開始一段非常嚴肅的沉思——多麼大的醒悟！可悲的傢伙，當你因愛人不在身旁而受苦煎熬時，你的位置可能早已被另外一個人所取代了；當你雙眼貪婪凝視她的畫像，想像自己是唯一被這個眼光（至少被畫像的眼光）所眷顧的幸運兒時，背叛的畫像如同它不忠實的主人，將眼光四散，將微笑分送給周圍所有的人。

這是我對某些畫像與畫像主人翁所做的道德方面的聯想，這是任何哲學家、畫家、鑑賞家都還未察覺的一點。

我的旅行充滿無限的探索與發現。

16

強納堤還杵在原地，等著我回答他的問題。我把頭從「旅行裝」裡伸出——剛才我把頭埋進睡袍中以便能夠自在地沉思——一段沉默之後，我從悲傷的思緒中恢復過來。我把扶手椅轉向他，對他說：

「你沒察覺嗎，強納堤，一幅畫是平面的，每一道光線照射在上面都會從這個平面反射出去……？」

聽到這個解釋，強納堤的眼睛睜得斗大，整個眼珠在眼眶裡滾動，嘴巴半開：根據大畫家勒布朗④的定義，這是人在極端驚訝時出現的臉部表情。想必是我的「獸性」不由自主地試圖做這樣的解釋，因爲我的靈魂早就知道強納堤根本不懂什麼是平面，也不懂什麼是反射光。看著他眼皮睜得不能再開了，我的靈魂立刻歸位，不讓解釋更加複雜。我重新把頭埋進「旅行

④勒布朗（Charles Le Brun, 1619-1690），法國大畫家，法蘭西繪畫學院創始者，路易十四命為「全國首席畫家」，凡爾賽宮內部裝飾便是出於他手，曾撰寫《表情研究》一書，解釋各種心境以什麼樣的表情顯現在臉部。

裝」的領子裡，頭埋得深深的，幾乎要整個消失在睡袍下了。

寫到這裡我決定先吃午飯，早晨時光已過，再在房間裡踏一步的話，午餐恐怕得等到天黑才能吃了。我把身體從扶手椅上滑下呈半躺狀態，兩腳架在壁爐上，靜候午餐送來，這個姿勢眞是舒服，恐怕再也沒有比它更讓人渾身放鬆的姿勢了；對一段長時間的旅行來說，這樣的姿勢是最舒服不過了。

羅西娜，我忠實的母狗，一定會在這個時候跑來咬扯我「旅行裝」的下襬，要我抱起牠；牠在我兩條腿之間找到一個現成又舒適的窩：我兩條腿張開形成一個優美的V字型。如果我不趕快應牠要求把牠抱起來，羅西娜就會撲到我身上。我經常猛然間發現牠在旁邊，卻絲毫沒有察覺牠是怎麼來到我身邊的。我的手以令牠最感到舒服的方式撫摸著牠，或許這隻討人喜歡的動物和我的「獸性」之間產生了某種友誼，也或許這個動作純粹出於偶然——但是我完全不相信偶然，不相信這個虛無的機制——我寧可相信磁力現象、電波學說，不，我完全不相信偶然。

羅西娜和我的「獸性」之間存在著如此眞切的關係，我把雙腳架在壁爐上——一個純粹不經心的動作，而且距離開飯時間還很久，我也一點都不想稍停我的旅行——羅西娜一看到這個動作就高興地輕搖尾巴，但還是乖乖地待在原位。「他我」看到牠的反應，也跟著高興起來，雖然它無法明白其中原由，它和牠之間的確存在著一種無言的溝通、一種非常親密的關係，這絕非「偶然」兩個字足以解釋得了。

17

請大家不要怪我在小細節上囉囉嗦嗦，這是旅行者的通病。當你出發去登白朗峰、尋訪古希臘詩哲安培多克爾（Empedocle）的墓穴，一定會巨細靡遺地詳細描述最枝微末節的部分：同行人數多少、驢子幾匹、帶什麼備糧、同行旅人胃口很好……什麼都說，連坐騎踏空了幾步都仔細記錄在日記裡，以便日後讓那些深居簡出的人長長見識。

也就是基於此，我決定談談我親愛的羅西娜，我對這隻親切可人的動物存著深切的感情，決定這一整個章節都拿來講牠。

相處六年以來，我倆之間的感情從未冷卻過一刻，就算發生過幾次小小的不愉快，我得憑著良心承認，通常錯都在我，而每次先踏出和解第一步的總是牠。

如果有天晚上牠挨罵了，就會悲傷無聲地退到角落，第二天早上，天才剛亮，牠就已經來到我的床邊，表現得畢恭畢敬，只要主人稍微一動，或是有任何醒來的徵象，牠就起勁地搖動尾巴，尾巴擊在床邊小桌上的聲音告訴我牠在身邊。

我怎麼可能不對這個溫柔的伴侶產生深切的情感呢？從我們相識相處以來，牠對我的愛從未止息。有多少人對我產生好感隨之又將我遺忘，我連記都記不清了。我曾有過幾個知己、好些情婦、一大堆朋友、點頭之交更不知凡幾，如今我在他們眼裡落得一文不名，這些人恐怕連我的名字都已忘得一乾二淨了。

他們曾對我做出如此多的友誼宣告，給予我如此多的熱情幫忙！還說我可以仰賴他們的財富，信任他們永不止息且毫無保留的友誼！

至於我親愛的羅西娜，牠從未提供我任何恩惠，但卻給了我人類所能夠得到的最大恩寵：牠之前愛我，現在也還愛我。因此，我毫不猶豫地說：我對牠的感情絕不少於我對那些朋友的感情。

人們愛怎麼評論我上述這段話，就怎麼說吧！

18

強納堤還停留在極端驚訝的狀態裡，站在我面前一動也不動，等著我繼續剛才說到一半的崇高解釋。

他看到我把頭縮進睡袍裡，不再解釋下去，他想必猜不到其實我是眞的找不到適當的解釋，所以才縮著頭規避他所提出的這個困難至極的問題。

雖然他佔了上風，卻未顯露出任何驕矜的樣子，也沒想過由此得到什麼好處。一陣沉默之後，他拿起畫像掛回原位，輕手輕腳地走出房間——他知道他再留在這裡是對我的羞辱，所以體貼地默默走開。在此情況下，他的應對令我非常感動，讓他在我心裡的地位又更晉升一層，我相信他在讀者的心目中也一定佔有相當的份量；如果你還沒體會出他的善良，請讀下一章，讀完下一章若你還不受感動，我想你一定是鐵石心腸。

19

「該死的！」有一天我對他發脾氣，「這是我第三次叫你去買鞋刷。豬腦袋！畜牲！」他一句話也沒回答，前一晚我因爲他沒買鞋刷而責罵他時，他也是一聲不吭。「他平常做事不會忘東忘西的啊！」我心裡這麼想，搞不懂他這次是怎麼了。

「快去找塊布來擦我的鞋，」我生氣地說。他轉身去拿布的時候，我立刻後悔自己用這種口氣責罵他。當我看著他拿布仔細地擦拭我鞋子上的灰塵，還不敢碰觸到我的襪子時，我的怒氣全消，把手放在他手上表示道歉。

「唉！有的人爲了錢必須擦拭別人鞋上沾的狗屎！」我心裡想道。這個「錢」字讓我心頭一亮，突然記起我好久沒付僕人錢了。

「強納堤，」我縮回腳對他說：「你手邊還有錢嗎？」

聽到這句問話，他嘴邊揚起一抹淡淡的微笑：「沒有，先生，我已經八天手邊沒有一毛錢了，我所有的錢都拿去買您吩咐我買的東西用光了。」

「那鞋刷呢？你沒買就是因爲……？」

他又微微一笑，他大可向他的主人回嘴：「不是，我可不是沒頭沒腦，不是畜牲，像你剛才對忠實的僕人用的字眼。付清欠我的二十三塊十角四分，我自然會替你買鞋刷。」他默默承受不公平的待遇，沒讓主人知道自己錯怪而臉紅羞慚。

上天保佑這樣一個忠僕！哲學家們、教徒們，你們瞧瞧這樣的好人！

「哎，拿去，強納堤，」我對他說，「哎，快去買把鞋刷回來吧。」

「先生，你難道就這樣一隻鞋白一隻鞋黑嗎？」

「去吧，我叫你去買鞋刷，別管我鞋上的灰塵了。」

他拿著錢出門了，我拿起布仔細地擦左腳的鞋，一滴悔恨的眼淚滴落在上面。

20

我房間的牆上掛著許多版畫，讓整個房間增色不少。我很想一幅一幅為讀者介紹描繪，在我們抵達書桌之前的漫長旅途中為大家排憂解悶；只可惜要清楚地描寫解釋一幅畫是不可能的任務，就像光聽形容就要畫下一幅逼眞的人像一樣不可能。

比如說，看到眼前第一幅版畫，誰能夠不滿心激動呢！畫上是不幸的夏荷洛正用顫抖的手擦拭亞培爾的手槍，所有不祥的預感、對毫無結果的愛情產生的焦慮與絕望完全顯現在她臉上，旁邊則是冷血的亞培爾，腳邊一大袋訴狀、資料，側著頭冷漠地祝他朋友一路順風⑤。多少次我忍不住想打碎畫上的玻璃框，把這個亞培爾揪出來碎屍萬段，在腳下踢死！只不過世界上存在著太多的亞培爾，有哪一個性情中人的生命裡不曾遇到過像亞培爾這樣

⑤畫的內容是歌德的小說《少年維特的煩惱》的結局，維特的朋友亞培爾命令太太夏荷洛（她是維特暗戀的對象）把手槍擦好，交給維特派遣來的僕人，明知朋友將拿這把手槍自盡，亞培爾對僕人說：「代我祝你主人一路順風。」

的朋友呢?他們在你身旁,但是像岩石一樣冷酷,你靈魂的宣洩、內心的情感、想像力的奔馳就像浪花打在岩石上,毫無回應。

能找到一個心靈契合的知己,一個和自己喜好、脾性、知識都合得來的人,一個不會被野心或財富沖昏頭的人,一個喜歡樹蔭勝過宮廷喧嚷的知己,是多麼幸福啊!

21

我曾經有過這樣一個知己，然而就在他的事業正要起步，在他的友誼於我已變得不可或缺的時候，死神卻將他從我手中奪走了。我們在艱辛的軍旅生涯期間互相扶持，我們共抽一根煙斗，共用一個酒杯，共居一室。遇到倒楣不幸時，我們的斗室就變成了兩人彼此慰藉的天堂。我眼看著他承受戰爭的痛苦，這一場恐怖的戰爭！死神本來還暫時放我們一馬，雖然它窺伺在我朋友身旁，千百次想吞噬他都未能成功，但這只是爲了讓我在眞正失去他時倍感痛苦。戰場上喧囂的炮火、面對生死危險時的內心激動，或許會減緩他的死對我造成的衝擊。

如果他的死對國家有貢獻，對敵人不利，我的心裡或許會好過些。可是完全不是，他死於休戰期的安寧冬季裡，在我懷裡斷氣時還一付身強體壯的模樣，由於適逢休戰，我們的友誼在太平祥和的日子裡變得更加穩固——啊！我的哀痛永遠無法平息！然而對他的回憶只留存在我心中，那些曾經圍繞在他周遭，以及已經取代他位置的人，早就把他忘了，想到這裡我便對他的死更加難過了。大自然完全不在乎人的生死命運，春天照樣為大地披上美麗新裝，把他長眠的墓園四周妝點得好漂亮：樹梢重新長滿了葉子、交纏的樹枝蓬勃生長、鳥兒在葉間歌唱、蜜蜂在花朵間嗡嗡穿梭；在這個死亡安息之地，卻洋溢著生之喜悅。晚上，朗月當空，我在這個悲傷的地方沉思冥想，蟋蟀隱身在我朋友沉寂墓穴上方的草叢間，愉快地重複唱著永不疲乏的曲調。所有生靈無足輕重的亡滅，以及所有人類承受的不幸，在這個大環境裡根本算不上什麼——一個眞誠的好人在周遭所有朋友的惋惜悲痛聲中走了；一隻夜蛾被清晨的寒冷凍死在花萼之中，對大自然來說，這兩個情況是完全一樣的。人只不過是個鬼魂、是個影子、消散在空氣中的一縷輕煙。

晨曦出現，天空開始泛白，我腦中晦黯的思想也隨著黑夜隱沒，心中再次燃起希望。不，東方出現的光芒在我眼中閃爍，並不會隨著黑夜降臨而滅於空無。這一望無際的地平線，這高聳於塵世、陽光照亮頂端的山巒，它們都鼓舞我的心繼續跳動、我的靈魂繼續思考。

不，我的好友並未化作虛無，不管我們之間的阻隔有多麼大，我總有一天能和他重聚。我的希望並不是建構在三段論（syllogism）式的推論上，一隻昆蟲從天空飛過就足以令我心中坦然，鄉村景色、空氣中飄散的香味、環繞我四周不知由何而來的蠱惑，使我的信念如此堅定：相信「不朽」的一股頑強信念佔據我的靈魂。

22

上一章寫的內容是我長久以來就想寫的，可是每次一提筆就立刻放棄。我開始寫這本書時就決定只把我靈魂快樂的一面示人，但這個決定——如同我做的諸多其他決定——完全沒有按照計畫執行，抱歉讓多愁善感的讀者掉了幾滴清淚；如果你覺得上一章的悲傷內容「客觀上來說」其實不必要，大可以把那一頁撕掉，丟到壁爐裡燒掉。

我只在乎妳一個人的想法，我親愛的珍妮——我最摯愛的女子、我最親愛的姊姊，因爲這本書我是爲妳而寫。如果妳能分享我在書中所流露的情感，那想必所有敏銳纖細的讀者也都會有同樣的感覺；如果妳能原諒我筆下有時不自覺宣洩出的瘋狂想法，那我便無視全天下人的批評。

23

下一幅版畫我只稍微帶過。

畫上呈現的是于古藍⑥不幸的一家子飽受飢餓之苦、瀕臨死亡的慘狀：在于古藍身邊，一個兒子動也不動地躺在他的腳邊，其他孩子則伸著無力的手臂向他討取食物，這個不幸的父親倚著牢房裡的一根柱子，眼神呆滯無神，面如死灰——這是人絕望到極點時令人驚心的一股安詳，不只他自己，連所有的孩子都將餓死，這是人類所能遭遇到的最大痛苦。

下一幅畫上則是勇敢的阿哈斯騎士，你在上百支刺刀的攻擊下陣亡，多麼英勇，且如此義無反顧，這種情操今日已不復見！

接下來的一幅則是一個不幸的非洲女子在一株棕櫚樹下哀哀哭泣！妳被一個惡棍背叛、拋棄——說不定他正是個法國男人，誰知道呢？他狠心地把

⑥于古藍（Ugolin）的故事出自但丁《神曲》〈地獄〉。

妳當作低賤的商品一樣賣出，枉顧妳的柔情乖順，枉顧他原本的溫柔已深深印在妳心頭，每一次看到畫中的妳如此纖弱與悲傷，我無法不動容。

再看看下一幅畫吧：畫上是一個牧羊女隻身在阿爾卑斯山頂上放羊，她坐在傾倒在地、覆滿白雪的一株老松樹幹上，腳被茂密叢生的大葉子蓋住，淺紫色的花冒得比她的頭還高。薰衣草、百里香、銀蓮花、矢車菊……種種我們在花園暖房裡都種不太活的花草，在阿爾卑斯山頂上綻放原始的美，一片綠草繁花，羊群在上面悠閒吃草——可人的牧羊女，告訴我妳住的美麗國度到底在哪兒？今天清晨妳驅羊離開的羊圈是在何方？我可否前來和妳一起徜徉在這個好地方呢？

唉！可惜的是，妳棲身的寧靜國度很快就會受到摧殘：戰爭這個惡魔不只毀滅城市，也將把恐怖血腥的魔爪伸到妳居住的偏遠國度。軍隊已經往前行了，我看見他們攀爬上一座又一座的山頂，直到荒僻之地。砲聲取代雷聲在山頂迴響，快逃吧，牧羊女！快趕著羊群，躲到最幽暗最荒涼的洞穴山崖裡，這個悲慘的世界已無處可容身了！

24

不知怎麼回事，這段時間來我寫的章節結尾都很晦黯。一開始的時候，其實我是要寫些愉快的事，而且情緒平穩前進，但是到了最後總會突如其來地來個大轉變。爲了減緩這種心理的騷動，以免它擾亂我的思維；爲了平息心跳的猛烈速度，以免原本平和的影像變成悲觀的吶喊，我唯一想到的方法就是寫一篇論述。

是的，我要將這塊冰貼在心上使之冷卻。

這篇論述是關於繪畫，除此之外，還有什麼主題值得論述呢？這段時間以來我一直都沉浸在繪畫之中，何況這本來就是我熱愛的主題。

我只是想談談繪畫——相對於音樂——在藝術上的優勢。是的，我想在天秤這一端加上一小顆沙子，一顆微小的粒子。

有人說畫作是畫家的恆產：畫家死後，他的畫作仍然存留，讓後世對創作者的記憶永存。

另一些人則說音樂創作者何嘗未遺留下諸多歌劇與樂曲呢；但是音樂乃是投時人所好，繪畫則不是——前人聽來盪氣迴腸的曲調，今人聽來或許覺得很滑稽，視爲笑鬧劇；原本讓人落淚的劇碼，到了兒孫輩就可能令人發笑。然而，拉斐爾（Raphael, 1483-1520）畫作震撼我們後代，就如同它們感動我們前人一樣。

這就是我在天秤這端添加的一顆小沙粒。

25

「我又何必知道凱魯比尼或祈馬羅沙⑦創作的樂曲和前人是否不同呢？」有一天侯卡薩夫人這樣跟我說，「我又何必在乎以前的音樂是否現在聽來很可笑？我只在乎今日創作的音樂是否令我感動。難道我的愉悅和歡喜必須呼應古人的感受嗎？你跟我談的畫只是一小群人的喜好，不可諱言音樂才是普及所有大眾的藝術啊！」

我不知該怎麼回答這個觀點，這樣的見解是我始料未及的。

如果我知道會冒出這個觀點的話，或許根本就不會著手寫這篇論述。請不要以爲我拐個圈子，其實是爲音樂家說話——我摸著良心說我完全不是音樂家，皇天在上以及所有聽過我拉小提琴的人都可以做證。

然而，就算我們承認所有藝術表現形式都有相等的價值，也不表示所有

⑦凱魯比尼（Cherubini, 1760-1842），佛羅倫斯知名音樂家；祈馬羅沙（Cimarosa, 1749-1801），拿波里知名音樂家。

藝術家具有相等的地位：我們或許看到許多兒童彈奏鍵琴具有大師水準，但卻從來沒見過一個十二歲的傑出畫家。繪畫這門藝術，除了必須具備審美能力與敏感度之外，還要有思想，這對音樂家來說則未必需要。沒腦袋、沒內涵的人拉一手好琴、豎琴彈得錚錚悅耳，我們看得可多了。

我們可以訓練一個人彈鍵琴，若遇名師指導，彈奏者大可讓手指獨自靈巧滑動，讓靈魂愛去哪兒就去哪兒，毫不參與手指的動作。相反的，無論要畫的是多麼簡單的一幅畫，只要靈魂缺席則什麼都畫不出。

如果有人硬要把音樂創作與音樂彈奏區分開，我承認我的論點就顯得有點不知所云，令人困惑。不過，寫一篇論述本來就是如此，一個誠懇的作者往往都是如此結尾——當我們開始討論一個主題，通常都是以武斷的論調鋪陳自己內心已有定見的想法，就像我滿口公正不偏袒，其實早就站在繪畫這一邊了；不過，討論也激發了不同的觀點，而在質疑聲中收場。

26

現在我心情比較平穩了，我將試著以平靜的口吻介紹掛在「阿爾卑斯山牧羊女」（Shepherdess of the Alps）旁邊的兩幅人像畫。

拉斐爾！你的畫像只能出自你手，誰有這個勇氣畫你的像呢？你那開朗、纖細、敏銳的面容呈現了你的個性和才華。

爲了讓你在天之靈歡喜，我把你心愛情婦的畫像掛在你的畫像旁邊，世世代代的人都將責怪她造成你的早逝⑧，使你無法再繼續創作出諸多完美畫作。

我凝視著拉斐爾的自畫像，心中不禁對這位偉大的藝術家升起近乎宗教式的崇拜，他在巔峰時期的創作超越了所有前輩的畫作，他的這些作品令後世讚賞，也讓後起藝術家感到無法超越的絕望。我的靈魂一邊欣賞他的自畫

⑧傳聞中拉斐爾是因與該名情婦縱慾過度，因而死於壯年。

像，一邊對他的情婦興起莫名的憤怒：這位義大利女子自私的愛毀了她的情人，在她懷裡葬送了這個超凡的藝術家，這個神賜的天才。

可恨的女人！妳難道不知拉斐爾正要著手創作比「聖容顯現」（Transfiguration）還要高超的一幅畫嗎？妳難道不知道懷裡擁抱的是一個大自然的寵兒、一個熱血澎湃的藝術之父、一個崇高的天才、一個神嗎？

當我的靈魂正在責怪拉斐爾的情婦，「他我」正專心凝視這名女子驚人的美貌，幾乎要完全原諒她造成拉斐爾的早逝。

我的靈魂斥責「獸性」太過軟弱，禁不起美貌的誘惑，它根本連聽都不聽。此時，靈魂與獸性展開奇異的對話，在這種情況下的對話通常都是獸性佔上風，這樣的例子我稍後在另一章節中還會提到。

27

只要看到下面這幅畫，我剛才提到的版畫和油畫都將相形失色，被拋到腦後：拉斐爾、科雷焦（Correggio, 1489-1534）和所有義大利大師不朽的傑作都不足以相抗衡。好酒沉甕底，因此每當有好奇的朋友陪我在房間裡一起旅行時，我都把它留到最後才介紹。而且我可以確定，當我介紹到這幅完美的圖畫，無論是鑑賞家還是門外漢、上流社會人士、工匠、婦女孩童、甚至動物，每一個站在它前面的人都流露出愉悅和驚訝的表情：畫中的影像眞是栩栩如生啊！

啊！先生女士們，有哪一幅畫我可以提供，有哪一個影像我可以呈現在你們眼前，比你們自己的影像更逼眞、更忠實的呢？我所說的這幅畫是一面鏡子，至今沒有任何一個人批評的一幅畫面；每一個站在它前面的人，都覺得面對的是一個完美、無懈可擊的影像。

無疑的，這是我這趟旅途中見過的最奇妙景緻之一。

平滑的表面因光線而反射出所有大自然中的景象，就留給物理學家去解釋和深思吧。我能說的只是，對一個深居簡出的旅行者而言，鏡子代表著千百個有意思的反思、千百種觀察，這使它成爲一個有用且珍貴的物品。

曾被愛神擄獲，或者現在還在它手掌心裡逃不出來的人，要知道，愛神就是在鏡子前磨利它的箭、醞釀它殘酷的攻擊；它在鏡裡彩排演出，仔細檢視動作，爲即將來臨的宣戰預先做好準備。它在鏡前練習拋媚眼、裝樣子、使小脾氣，就像一個演員在面對觀眾之前先對著自己練習。鏡子永遠公正眞實，忠實地反射出鏡前人青春的花樣容貌或是歲月添上的皺紋，不醜化也不諂媚任何人——在所有向當權者進諍言的諫臣裡，只有它從不撒謊。

鏡子這種特性激發我想發明出一面心鏡，讓人們可以照見自己的邪惡與良善。我一度還想提供獎勵給能夠發明心鏡的學術機構，但經過一番深思熟慮之後，又發現這個想法根本不可行。

唉！因爲醜陋從來不曾照見自己的模樣，而氣得打破鏡子！我們周圍的鏡子何其多，每一面都按照幾何對稱無誤地映照出光線和鏡中影像的眞實面目，又有何用？當光線反射照入我們的眼睛，把我們的影像呈現面前的時候，自尊心把它騙人的稜鏡置於我們和我們的影像之間，把鏡中人幻化成一尊完美的神。

從牛頓發明第一面稜鏡開始，沒有一面比得上自尊心稜鏡，可以擁有如此強大的反射力，照出來的顏色如此悅目鮮麗。

普通鏡子照出的眞實面貌沒人相信，反而因另一面鏡子照出來的美麗影像而沾沾自喜。既然鏡子沒有辦法讓人看到自己外在的缺陷，那我的心鏡又會有什麼作用呢？想照這面鏡子的人已經不多，就算照了也不會承認——或許哲學家們會是例外，我甚至也不敢保證。

鏡子的本性如此誠實公正，我希望沒有人會責備我把它的地位置於所有義大利大畫家的作品之上。最懂得品味、最知道拿捏分寸的仕女們，進到我家後通常眼光最先落在這幅鏡畫上。我見過千百次，女士們甚至年輕小夥子們，在舞會上把他們的情夫情婦拋在一旁，忘記跳舞和作樂，只爲了專注欣賞這幅吸引人的畫面——就算在最熱鬧的四人舞當兒，仍不忘回頭轉身看它幾眼。

我把它和阿佩利斯大師⑨的畫作掛在一起，誰能置喙它這個尊榮的地位呢？

⑨阿佩利斯（Apelles），西元前四世紀希臘大畫家。

28

我終於快抵達書桌旁邊了，伸長手臂就可摸到書桌最靠近我這邊的一角，就在此時，我差一點就要毀掉所有辛勤筆耕的結果，差一點就命喪黃泉。或許我應該隱瞞這個意外，以免讓想學我一樣在房間裡旅行的人打消念頭；不過，真要從一張扶手椅上摔下，我想大家一定都同意，除非是倒楣到極點才會發生——像我一樣倒楣才會發生如此荒唐的意外。我跌倒在地，整個人翻了好幾翻，意外如此突如其來，令人措手不及，一時之間我甚至懷疑真的發生了嗎？不過腦袋裡的嗡嗡響聲和左肩的劇痛，向我證實這一切都是真的。

這又是我的「另一半」搞的鬼，突然聽到一個窮人在門口敲門乞討，羅西娜開始吠叫，他我突然在扶手椅上轉身，靈魂來不及警告它扶手椅後方地上缺了一塊地磚，轉身的衝力又如此強大，以致扶手椅完全失去重心，翻倒在我身上。

藉著這個機會，我必須好好地痛斥我的靈魂，因爲它不去生氣自己亂跑、缺席，和責怪「他我」太不小心，反而把自己降低到「獸性」的層次，把氣出在那個可憐的乞討窮人身上：

「懶惰鬼，你去工作賺錢啊！」（可恥的責備，完全是吝嗇鬼和沒心肝的有錢人發明的論調！）

「先生，」他試著讓我軟化：「我是從尙貝里來的……」

「那是你的事。」

「我是雅克，你在鄉下時看到的就是我呀！是我趕羊群去原野裡吃草。」

「你怎麼會到這裡？」

我的靈魂開始後悔剛才說的那些無情話語，我甚至相信在說出這些話之前，它就已經開始懊悔了。但是這就像一個正在奔跑的人，突然碰到路上一個坑洞或泥潭，儘管看到了，還是來不及避開。

羅西娜的反應讓我尋回良知，也讓我更加羞慚，牠認出在鄉下時經常和牠一起分享一塊麵包的雅克，並親熱地上前嗅聞，表示牠對雅各的記憶與感謝。

此時，強納提已經把我吃剩，本來是輪到他吃的晚餐收攏好，然後毫不猶豫地遞給雅克。

好強納提！

我就這樣在旅途上一路從我的僕人與我的狗身上學到哲學、人文的教訓。

29

在繼續前行之前，我想澄清讀者心中可能會興起的一個疑惑。我最不希望見到的，就是大家認為我之所以從事這個奇特的旅行，是因為沒別的事好做，是在外力因素下不得不然。我要在這裡特別澄清，以所有我珍愛的人與物起誓，我很早就有這個旅行的計畫，早在事件發生、讓我失去四十二天的自由之前。這個被迫的退隱只不過是迫使我提早上路而已。

我知道這個聲明還是會讓某些人存疑——不過，我也知道這些疑心病重的人是不會看這本書的，他們忙著送往迎來都來不及了，至於誠實善良的人則會相信我所說的。我也必須承認，若非外力，我會選另外一個時間從事這個旅行，我會選封齋期而非值此嘉年華期間。幸而天外飛來的諸多哲學上的省思，幫助我忍受被剝奪加入托里諾城（Turin）人山人海、歡樂激動的嘉年華的機會。我房間的牆雖然無法和舞會晚宴的廳堂媲美，我斗室裡的沉寂或許不如音樂、舞蹈的聲音優美，但是在參加這些慶典場合裡的名流顯貴當中，一定有些人比待在房間裡的我更感到無聊。

更何況，我為什麼要和那些身處在比我舒適環境裡的人比較呢，世上有那麼多人遠比我不幸！與其讓想像力帶著我前去歐仁妮住的那幢漂亮住所，欣賞那位年輕女子無雙的絕色，我只消沿著前往她家的路前行，便能感受到自己的幸運——路上那麼多不幸的人，半裸著躺在豪宅大院的大門下，因為寒冷貧困瀕臨死亡。

這是什麼樣的景象啊！我希望本書的這一頁能讓全世界的人都看到，我要人們知道，在這個富足享樂的城市裡，在冬季最嚴寒的夜晚，成群的不幸人們餐風露宿，頭靠在牆角或宮殿的門口台階上。

這裡是一群孩童，一個個緊挨在一起以免凍死，那裡是一個全身顫抖連呻吟都已發不出的婦人。路人們來來去去，對眼前景象早已習以為常，毫無感覺。私人馬車的蹄聲、放肆歡樂的笑語、悅耳的音樂，不時和這些不幸人的吶喊混在一起，形成一種恐怖的不協調。

30

看完上一章就急著評斷這個城市的讀者們，可要大錯特錯了。我談到了這個城市裡的可憐人、他們悲慘的吶喊，以及許多對他們視若無睹的人；但是我還沒談到那許許多多充滿愛心的人，他們在別人尋歡作樂的時候便已安寢，清晨即起爲善不欲人知地默默爲貧苦眾生服務。

不，我也不能讓這個情況不爲人所知，我要白紙黑字寫下來，讓全天下的人都知道。

將食物錢財與這些不幸的弟兄分享、以愛溫暖他們痛苦創傷的心靈之後，他們前往教堂，向上帝祈禱並感謝祂對世人的恩賜，此時那些整夜笙歌的浪徒們正疲倦地躺在鵝毛被下呼呼大睡。

教堂中一支孤獨的燭火在晨曦中緩緩燃盡，他們虔誠地跪在聖壇前。被世人的冷酷和吝嗇激怒的上帝，因爲他們平息了對眾生的怒火。

31

我之所以在旅途中談到這些不幸的可憐人，是因爲他們的貧困經常在我腦中浮現。有時候想到他們和我的境遇如此不同，我會突然停下腳步，發現我的房間是多麼富麗堂皇。多麼浪費的奢華！六張椅子！兩張桌子！一張書桌！一面鏡子！多麼浮誇！尤其是床，我那張床，玫瑰紅和白色相間的色調，還有兩層床墊，堪與東方帝王華麗柔軟的龍床相比。這些省思使我對自己被剝奪的安逸完全不在意了，思考復思考，我在哲學範疇的領悟更上一層。

就算現在隔壁房間正在辦舞會，我聽到傳來小提琴、簧管的音樂也會如老僧入定，不爲所動；就算親耳聽到馬凱西⑩優美的歌聲——每聽到他的歌聲都讓我不能自持——我也能不爲所惑；甚至看到托里諾城最美的女人

⑩馬凱西（Luigi Marchesi, 1754-1829），著名的閹唱者和花花公子。

我也能不動心——就算歐仁妮本人穿著一身哈普小姐⑪為她量身訂做的華服！——說到最後這一點，我又無法如此篤定，有點動搖了。

⑪哈普（Rapous）是作者當時代有名的服裝設計師。

32

請容許我問各位一個問題：先生們，你們在舞會、劇院裡還是如同以往般快樂自在嗎？至於我，坦白而言，這一段時間以來，所有眾人聚集的場合都令我心生恐懼。我被一個恐怖的夢魘纏住，雖然想盡辦法把它從腦中逐出，它卻一再回來，就像亞達里被他的夢境纏繞一樣⑫。也或許是我的靈魂此時正被悲觀的想法與灰暗的影像佔據，看所有的事物都蒙上一層悲傷色彩——就像健康的食物進入到污濁的胃後，也會轉化成毒物。無論原因為何，以下是我的夢魘。

那是個宴會場合，我置身在一群又唱又跳、和藹愉悅的人當中——這些人除了在看悲劇時會規規矩矩地掉淚，其他時間都顯露出快樂、坦率、真誠的模樣。我突然想：如果在這一群和善有禮的人當中，猝然冒出一隻白熊、

⑫法國十七世紀劇作家拉辛（Racine）的作品，劇中主人翁亞達里（Athalie）被一場夢纏身不去。

一個哲學家、一隻老虎，或某種這類的猛獸，跳上舞池，以狂怒的聲音吼著：「可憐的人類！聽我口中的箴言，你們是被壓迫、被奴役的一群，你們非常不幸，活得極其無聊。大家從麻木中清醒吧！」

樂隊中的樂手們開始拿起樂器砸在自己頭上，宴會上每個賓客都拿起匕首，把歡愉和享樂拋到腦後，在包廂中互相殘殺，連女士羞怯的手上也沾滿血腥！

「逃離吧，你們自由了，把君主從皇位上拖下，把上帝從神壇上拉下！」

在這些彬彬有禮的人當中，有多少會真正去執行猛獸所說的這句話呢？有多少人在猛獸來之前就曾想過這麼做呢？誰能知道呢？——五年前巴黎人不也正在歌舞狂歡嗎⑬？

「強納堤，把門窗關上，我不想看到任何光線，也不想見到任何人，把我的劍取來放在我身邊，你也出去吧，再也不要出現在我面前了！」

⑬五年以前，指的是一七八九年法國大革命推翻王朝。

33

「喔，不，強納堤，留下來，留下來吧，我的好僕人；還有你，我的羅西娜，你好像猜到我的心事，以輕撫來安慰我的悲傷，過來，我的羅西娜，過來這裡，到我呈V字形的腿上來休息。」

34

我從扶手椅上跌倒造福讀者的地方，是把我的旅行削減了十多個章節，因爲從地上爬起來，我剛好和書桌面對面相對，所以本來掛在牆上一路還要介紹的其他版畫和油畫只好跳過，否則我在圖畫上的漫遊還會更長。

現在，我們把右手邊拉斐爾和他情婦的畫像、阿哈斯騎士和阿爾卑斯山牧羊女這些畫都擺在一邊，從窗戶左邊再出發，就會遇到我的書桌——若按照我指示的路徑前進，它會是旅行者最先看到、也最顯眼的物品。

書桌上架了幾塊木板權充書架，愈往上愈窄，金字塔的頂端放置了一座小型半身雕像，這張書桌是我們這趟旅行國度中最美的景緻。

拉開右邊抽屜，裡面是個文具箱，放著各種紙張、削好的鉛筆、封緘的蠟，看到這些東西，最懶的人都會想提筆寫信——親愛的珍妮，如果妳剛好打開這個抽屜的話，想必也會提筆回我去年寫給妳的那封信了。另一邊的抽屜則亂七八糟塞滿了令人感動的「皮尼內羅爾囚犯」的故事大綱和資料，親愛的讀者們，你們很快就可以看到書了。

這兩個抽屜之間是一個箱子，我把收到的信件都放在裡面，十年來我收到的信統統在這裡；早期的信件我按照收信日期排好，捆成好幾紮，後來的就亂七八糟丟成一堆。其中有幾封是我年少時期收到的信。

重讀這些信是多麼愉快啊！我在字裡行間重新回味年少時期的情景，再一次回到那段快樂時光——逝去而永不再回的時光！

啊！我的心已滿溢！眼睛看著一行行我那已故知己的親筆信緘，心中既喜且悲！這正是他的筆跡，是他的心指引著手寫下的字句，是寫給我的一封信，而這封信是他留給我的唯一遺物！

一旦開始翻閱信件，我通常會耗上一整天。就像旅人穿越義大利好幾個省份，走馬看花一番後，最後卻在羅馬待上好幾個月——這是我探勘的礦場裡最珍貴的一條礦脈。我的想法和感覺改變了多少啊！我的朋友們又改變了多少啊！對照今昔，當年我們誓死捍衛的計畫，到了今日我們已顯得興趣索然；當年我們堅定認爲某個事件將會造成災難性的後果，由於信的結尾不見了，而且該事件也已被忘得一乾二淨，所以我連是哪件事都想不起來了。我們當年充滿無數偏見，世界與人類對我們來說都還是未知，但是我們的友誼多麼熱切！關係多麼親近！對彼此的信賴毫無上限！

當年做錯的事何其多，但我們很快樂。而現在呢，啊！不復當年。我們必須和所有人一樣看清世態人心，眞相像一枚砲彈掉落在我們當中，將充滿幻想的美麗宮殿永遠摧毀。

35

面對眼前這朵乾枯的玫瑰，若是我認爲値得的話，可以花一整個章節來描寫它：這是去年嘉年華會期間，我親自到瓦倫泰暖房裡摘的。當天晚上，舞會開始前一個小時，我滿心期待、懷著愉悅又忐忑不安的心情，前去把玫瑰花獻給侯卡薩夫人。她拿過花隨手放在梳妝台上，沒看花一眼也沒看我一眼——她怎麼會注意到我呢？她正忙著注意自己。她站在一面大鏡子前，已梳妝打扮好，正爲一身行頭做最後的檢視：她全神貫注，所有的注意力都放在身上披戴的緞帶、紗羅、流蘇這些東西上，我連一個眼光、一個表示都得不到。我委屈忍受，卑賤地站在一旁，攤平的手掌上放著一些別針，但是針墊離她更近，所以她就從那兒拿取——如果我把手掌伸向前，她可能會從我手上拿（毫無意識地），或許會在我手掌上摸索一下，但眼光絕不離開鏡子，深怕視線離開自己的影像一秒鐘。

之後我在她身後舉著另一面鏡子，好讓她更加徹底檢查自己的裝扮，她的影像在兩面鏡子裡重疊映照，我看見兩個妖嬌的美人，但沒有一個注意到我。唉，還是承認了吧：我的玫瑰和我成了同病相憐的哥倆好。

我終於失去耐性，再也吞不下滿心的氣惱，放下手上端舉的鏡子，沒向她告別就一臉怒氣往外走。

「你要走了？」她一邊說一邊半轉身端詳自己鏡中的側影。我沒回答，但站在門外偷聽了一會兒，想看看我這樣不告而別會引起她什麼反應。「妳不覺得嗎？」一陣沉寂之後她對貼身女僕說：「妳不覺得這件短襖太寬了嗎？尤其是腰身這裡，得拿別針紮緊一點才行。」

這朵乾枯的玫瑰花是如何、又爲什麼會出現在我書桌的書架上，這是我絕對不會坦白的事，因爲我早已說了，一朵乾枯的玫瑰根本不值得爲它花一章節。

女士們，請不要誤會，我並沒有因這朵乾枯玫瑰下任何評斷，沒說侯卡薩夫人看待我不如看待她的裝扮是對或錯，更沒說我是不是應受到這樣的對待。

我甚至儘可能小心謹愼，不就女士們對男性友人情感的性質、程度、持久性做出籠統的結論。我想把這一章節(既然已寫成一章節了)連同我整個旅行呈現在世人眼前，不暗指任何人，也不建議任何人任何方法。

我只想加上一個忠告：男士們，你們必須認清，一旦舞會開始，你的情人就不屬於你了。

她一旦開始梳妝打扮，情人就降格爲丈夫的角色，舞會則取代情人的地位。

何況，人人皆知，想勉強對方愛自己的丈夫只會輸得更慘，所以還是重拾耐心，以輕鬆心態來應對吧。

千萬不要自作多情，男士們：如果在舞會裡女士滿面笑容迎接你，並不是對你有什麼愛戀——跟舞會比起來，你的角色就像丈夫一樣——而是你是舞會中的一員，因此是她要征服的人之一，她眾多情人中的千分之一個；或者是因爲你舞跳得棒，可以把她襯托得更亮眼；或者——這對你來說已經是最榮幸的了——她這麼殷勤招呼你，只是想借助你的身分地位引起她情人的妒忌；若非以上幾點原因，她是連正眼也不會瞧你一眼的。

所以大家應該有一個共識：必須耐心等待自己丈夫角色的時間過去。我知道許多「丈夫」會很高興要付出的代價不過如此。

36

我答應讀者要寫一段我的靈魂和「他我」的對談，卻一直沒有兌現；其中許多章節是不由自主寫下的，或說是它們自己從我筆下淌出的，它們不聽我的指揮就罷了，還擾亂了我原先的計畫：我即將在本章節中寫到的我的藏書就是一個例子，不過我會盡量寫得簡短——四十二天的旅程就快結束了，再給我多一倍的時間也不夠我描述在旅程中經歷到的奇妙世界。

我的書架上擺著小說——我必須老實承認，是小說沒錯⑭——以及幾本詩集精選。

彷彿我自己的麻煩還不夠，我對這千百個小說裡的想像人物感同身受，他們的遭遇就像我切身的感受似的：我爲了克蕾里絲和夏荷洛⑮的戀人掉了多少眼淚呢！

⑭在作者當時的年代，小說被視為文學中的低級趣味。

⑮作者當代兩本重要小說的主人翁：理察安德森（Samuel Richardson）所著的《克蕾里絲．哈洛》（*Clarissa Harlow*），以及歌德所著的《少年維特的煩惱》。

我在小說世界裡感受到了許多悲傷情懷，但也在這個想像國度裡找到了純眞、善良、無私，這些在現實世界裡無法全數集於一身的特點——我在小說世界中找到了心目中的女子，她不耍小脾氣、不輕佻、不迂迴，更遑論她的容貌了，各位可以相信我超凡的想像力：我把她想像成天仙，無懈可擊。闔上小說——現在我的思維早已不在書上了——我牽著她的手，一起徜徉在比伊甸園還要美上千百倍的國度裡。有哪一個畫家描繪得出我夢中女神所在的國度呢？有哪一個詩人能表達出我在那個美麗地方所感受到的狂喜和震撼呢？

多少次我詛咒那個霉運當頭的克雷夫蘭⑯，因優柔寡斷躲不掉那些本來可以避開的厄運！我無法忍受這本小說裡所描述的一連串災難厄運，但若我不小心翻開它，就會不由自主地非一口氣看完不可。

我怎麼能夠把這個可憐的傢伙丟在阿巴基人（Abaquis）那裡？他在這群野蠻人當中會遭遇到什麼厄運呢？在他試圖脫逃的途中，我當然更無法狠心放下他一人不管。

我一腳踏進他悲苦的世界，完全感同身受他家人的不幸。當殘暴的環僴

⑯十八世紀法國小說家普萊沃神父（Abbé Prévost, 1696-1763）一本小說中的主人翁。

（Rointons）突然出現時，我嚇得毛髮豎立；讀這段遭遇時我冷汗直流，驚嚇的程度就好像是我自己被這個惡棍烤了吃了似的。

當我哭累了，感情宣洩夠了，就讀幾首詩，然後再繼續埋首於另一本小說世界中。

37

遠從上古的亞哥號⑰出發，近到上一次的顯貴會議⑱；從最幽深的地獄之門到銀河最遙遠的一顆星辰，直到宇宙的邊際，直到開天闢地的洪荒，這就是我自由自在悠遊的廣闊天地，超脫時空限制。就是在這個世界裡，我讓自己跟著荷馬、密爾頓（John Milton, 1608-1674）、維吉爾（Virgil,70-19 BC）、歐辛⑲等作家上天入地。

從上古到近代，所有期間發生的事、所有國度、所有地域、所有在這段期間內存在的人類，這些都是我的，全都屬於我，猶如駛進雅典海港的某艘船隻必定屬於某個雅典人這麼名正言順。

我尤其喜歡那些將我帶到遠古時代的詩作：野心勃勃的亞格曼儂（Agamemnon）之死、俄瑞斯特斯（Orestes）的狂暴、阿特雷斯家族（Atreus）

⑰希臘神話中傑生（Jason）和五十二名友伴搭乘亞哥號（Argo）船艦遠征科基斯（Colchis）奪回金羊毛的故事。

⑱這裡指的是一七八七年法王路易十六的財政大臣加隆（Charles-Alexandre Calonne）為挽救瀕臨破產邊緣的國家財政，於凡爾賽宮所召開的顯貴會議。

⑲歐辛（Ossian），愛爾蘭武士-詩人。一七六二年，蘇格蘭詩人麥克佛生（James Macpherson, 1736-1796）出版了據稱係譯自三世紀蓋爾語原作的史詩《芬歌兒》（*Fingal*）和《帖莫拉》（*Temora*）。從此，歐辛的名字傳

遭天譴的悲劇，這些詩句讓我產生的深深恐懼，是任何當代事件無法辦到的。

瞧，這就是裝著俄瑞斯特斯骨灰的那個骨灰罈！誰看到這一幕能不呻吟顫抖？伊蕾克特（Electre）！死者的姊姊，放心：妳沒看見是俄瑞斯特斯自己捧著那個罈子嗎？裡面裝的是他敵人們的骨灰啊！

我們再也找不到和桑色斯河（Xanthus）、斯卡曼德河（Scamander）相同景緻的河谷了，再也見不到海斯碧瑞亞（Hesperia）或亞佳底亞（Arcadia）這樣的平原了，勒姆諾斯島（Lemnos）、克里特島（Crete）今日何方去尋？那座知名的迷宮呢？被拋棄的雅麗阿德涅（Ariadne）哭泣的那座大岩石在哪兒？——再也找不到特修斯（Theseus），再也沒有海格力斯（Hercules），相形之下，今日的人、乃至今日的英雄人物都顯得微不足道了。

當我真的想讓自己激動地沉醉在某一幕，讓想像力毫無滯礙地馳騁，我會在超凡的盲詩人阿爾比庸（Albion）起身飛向天際、奔向永恆王位的那一剎那，勇敢地抓緊他隨風飄蕩的袍子下襬，隨他一起騰空；哪個繆斯女神能抵達那個高度，又有哪個凡人膽敢與他的目光交會？——從守金神馬蒙

遍整個歐洲。歐辛的詩作對早期浪漫主義運動產生重要影響。

（Mammon）貪婪眼光覬覦的金光閃閃的天國廣場，我滿懷恐懼地下到撒旦棲身的地下大洞窟──我參與地獄會議，置身於無法無天的亡靈裡，傾聽他們的發言。

但我必須承認一個自己也經常反省的弱點：

自從可憐的撒旦（我指的是密爾頓筆下的撒旦）從天國被貶入地獄之後，我就不由自主地對他產生好感。雖然我對他頑固的造反精神無法苟同，但我必須承認他在面對巨大劫難時表現出的剛毅和超凡勇氣，不禁讓我對他心生欽佩讚嘆。雖然我沒有忘記是他推開地獄之門，前來引誘我們的老祖先亞當夏娃，因而開啓人類多舛的命運，但總不由自主地祝福他逃過劫難，一路安然；若非善惡之心克制自己，我甚至想助他一臂之力呢。我緊隨他的腳步，和他一路前行，就像伴隨一個良善的人旅行一樣愉快。雖然我前思後想，但他終究是個惡魔，前來危害人類，他是個眞正的民主主義份子，不分好歹對所有人一視同仁──不是雅典共和式的，而是法國大革命式的血腥民主，但無論如何我對他心存好感，一反成見。

他面對的是多麼龐大的計畫！需要多大的勇氣去執行！

地獄巨大的三扇門砰然一聲在他面前打開，幽深不見底的大黑洞在他腳下呈現所有的猙獰恐怖——他頑強無懼的眼神一掃在腳下打開的混沌黑暗帝國，然後毫不遲疑地張開巨大無比可遮蓋整團軍隊的雙翼，往深淵俯衝而下。

這是想像力最美好、最狂妄的奔馳，就像一段絕妙精采的旅程——當然，僅次於在我房間裡的旅行。

38

我在書海裡的漫遊和期間經歷到的奇特遭遇，光想寫千分之一就寫不完了。庫克船長（Cook）的冒險和同行夥伴班克斯（Banks）、索蘭德（Solander）博士的觀察紀錄，相較於我在小斗室裡的旅行，都算不上什麼了；若非房間裡的那座半身塑像，我相信自己會耗盡一生沉浸在天馬行空的書海裡。不論靈魂是在何種狀況，我的眼光和心思最後都會停駐在塑像上，當靈魂太過激動或是太過萎靡氣餒，只要看著塑像就足以讓它回歸原位：它是將我所有生存裡的各種多樣矛盾的感知和情緒合而為一、匯集成音的主調。

塑像多麼逼眞！——看它那大自然賜予最純善的人的表情面目。啊！如果雕塑家也能將雕像主人翁的高尚靈魂、睿智和個性表露無遺，該有多好啊！——但是我說這些做什麼呢？這裡難道是我頌揚讚美他的地方嗎？我周遭的人群又難道會在意嗎？

我只想拜倒在你親愛慈祥的雕像容貌下，喔！最偉大的父親啊！可惜！這座雕像是你留給我，以及我可緬懷故土家園唯一的東西：你在罪惡荼毒大地之前離開人世⑳，這些惡行如此囂張，作為家人的我們甚至還慶幸你已離開人世，若你還活著會承受多麼巨大的痛苦！喔！父親，你在天國可見到遺留下的家人們的悲慘命運？你知道你的孩子們流亡在外，被迫離開你全心全意奉獻的祖國？你可知道他們被禁止去你的墳前祭拜你？然而，暴虐無法將你遺留的最珍貴部分抹去——那就是對你英勇貢獻的追思，以及你留給後人的典範：在罪行如洪流般把人們的國家和個人財富捲入深淵的此時，他們永恆不渝地追隨你踏出的道路，有一天當他們終能到你墳上祭拜時，你總能認出他們是誰。

⑳作者父親死於一七八九年一月，此地所說「罪惡」指的是推翻王朝、貴族的法國大革命。

39

我答應讀者們要寫一段靈魂與「他我」的對話，我並沒有食言而肥。那是一個天剛破曉的清晨，第一縷陽光照亮維索山峰（Viso）和我房間望去的對面小島上的幾座最高山巒。「他我」已經甦醒，它之所以這麼早醒來，可能是黑夜經常讓它感到蠢蠢不安，產生煩躁無用的反應；也或許是即將結束的嘉年華會讓它興奮得睡不著，這段瘋狂歡欣的時節就像月亮或某些星球的運轉會對人體產生影響。總之，它不但醒了，而且很清醒，我的靈魂則還在與睡眠奮戰，讓對方獨自清醒。

有好一陣子，靈魂迷迷糊糊地分享著「他我」所感知的感覺，但還籠罩在夜與眠的布幕之下；然後，這襲布幕轉變成薄紗、雲霓、絲翼，我可憐的靈魂被層層包裹其中，睡眠之神為了將他再往沉睡國度推一把，又在層層紗幔之中加上散亂的金色髮辮、蕾絲蝴蝶結、珍珠項鍊等旖旎風景，靈魂在這層網中掙扎，模樣眞是困窘可憐。

我的靈魂把感應傳給「獸性」，後者轉而強烈參與靈魂的活動，於是我整個人陷在一種難以形容、無法自拔的狀態，直到靈魂好不容易——不知是恢復理智還是湊巧——找到解脫纏身薄紗的方法。我不知道它是找到一個小裂縫勉強鑽出，還是很自然地就把薄紗一手掀開。重點是它找到了迷宮出口：散亂的長髮辮還在，但已經不構成「阻礙」，反而提供了一個「逃脫的方法」，我的靈魂深知這一點，就像一個溺水者抓住岸邊的水草；但是珍珠項鍊前來干擾求生的動作，它一抓就斷了，粒粒珍珠散落在沙發上，隨後滾落在侯卡薩夫人家的地板上——我的靈魂因爲一種難以說清的想像怪癖，想像自己正留連在這位夫人的家裡呢。幸好一大束紫羅蘭剛好從桌上掉下，驚醒靈魂趕緊回殼，才把它拉回現實。大家一定想像得到，它對自己缺席期間發生的事情很不滿意：因此開始了它與「他我」之間的對話，這也是本章節的主題。

我的靈魂還從來沒遇到過這麼大的反彈，它正準備好好責備「另一半」，在這個節骨眼上卻演變成內鬨，簡直是「他我」的造反，正式起義。

「怎麼回事！」靈魂說，「趁我不在的時候，你不但沒有休養生息，好讓我醒來時神清氣爽，好好聽從我的旨意行事，反而放肆張狂（老實說，這個形容詞用得有點過分），未經我意志許可擅自行動？」

「他我」聽到這種高傲無禮的聲調，立刻火冒三丈：「女士（稱女士是為了隔絕所有的親密關係），你覺得自己有權利擺出這付莊重高尚的純潔模樣嗎？啊！豈不是為了追隨你的想像力、討好你怪誕的想法，才讓我現在受你的痛斥？請問你為什麼跑不見呢？又有什麼權利丟下我一人，老是自己去雲遊四方呢？當你在九霄逍遙、在天堂樂園漫步，當你和哲人歡談，當你雄渾思辯（嘲笑的口吻任誰也聽得出），當你建造空中樓閣，當你架構崇高無上的思維，我可曾表示過任何一絲反對的意見嗎？你棄我而去的時候，我難道沒有權利享受大自然慷慨施予我的一點愉悅和快樂感受嗎？」

我的靈魂相當驚訝如此激烈的滔滔雄辯，一時語塞不知如何回答。為了息事寧人，它試著把剛才衝口而出的責備美化緩和，但又不想露出道歉和解的樣子，因此一臉肅然，口氣莊重：「女士」——它也以這個聽起來誠懇眞摯的稱呼回稱對方，（剛才「他我」這樣稱呼靈魂的時候，如果有讀者認爲欠妥，現在該怎麼想呢！尤其在回想起它們倆發生爭端的導火線正是起因於一位女士引起的旖旎遐想？但此時靈魂一丁點都不覺得用這個誇張的語詞說話滑稽可笑得很，激動蒙蔽理智，由此可見一端！）——「女士，」它說，「請相信我，如果你敏銳的知覺能夠獲得如此愉悅感受，我是最高興不過的，儘管我無法分享你的愉悅，只要它們無害，不會破壞我們之間和諧的相處，一切我都……」靈魂冠冕堂皇的話語立刻被對方大聲打斷。

「不，我不會被你的假好心所愚弄，我們被迫在房間裡的這段旅行，我手上受的傷——這麼重的傷現在還在淌血呢，這一切可不是都起因於你的高傲、你愚蠢的偏見？當你興致一來，就連我的健康、我的存在都不顧了，還好意思口口聲聲說關心我，聲稱你的責備是出於一片善意？」

我的靈魂眼見情勢對它大大不妙，同時也發現鬥嘴愈演愈烈，離題漸遠，趕快找個機會岔開，一看到強納堤走進房間，立刻對他說：「泡咖啡來。」杯盤的聲響吸引了「反抗者」全部的注意力，當下就把先前的事忘了。就好像我們拿個搖鈴在嬰兒面前擺弄，轉移注意力，讓他忘記剛才吵著要吃的糖果。

泡咖啡的水正在沸滾的時候，我無意識地放鬆下來，享受著這種幸福的感覺，這也是我想傳染給讀者們的感覺，就像沉睡之際的朦朧舒適。強納堤把咖啡壺放在爐灶上，發出愉快的叮噹聲響，傳到我的腦子，下達全身所有感知的細胞，好像豎琴的弦一撥弄就回聲不斷。我眼前出現一個陰影，睜開眼一瞧，是強納堤。啊，眞香！多愉快的驚喜！咖啡！鮮奶油！堆成金字塔的烤麵包片！親愛的讀者，和我一起共進早餐吧！

40

對懂得享受人生的人來說，這位仁慈的大自然母親賜予的喜樂多麼豐富啊！這麼多愉快感受又有多少種不同變化！誰能算出所有人在人生各階段中所獲得的各種不同美好感受加總起來，共有多少呢？童年時期模糊的回憶至今依然讓我顫抖不已，更遑論少年時期對所有的感知都充滿爆發力的狂喜。在那段純眞無憂的歲月裡，我們對利害關係、野心、仇恨、以及所有人類低下醜陋的情事糾葛都尚無接觸；那段太短暫的歲月裡，陽光如此明亮耀眼，之後的一生都不會再出現了。空氣如此純淨，泉水如此清澈甘甜，大自然許多面目、森林中許多幽靜小徑，都是成年之後無緣再見的。天啊！花朵多麼芬芳！果實多麼甜美！清晨曙光的顏色如此繽紛！世間所有女子都親切忠貞，所有男子都和善、慷慨、敏感：無論身處何處，一片溫馨祥和，人們都眞實誠懇，不鑽營取利。大自然中只有花朵、純善和喜悅。

愛情的苦惱，以及對幸福的渴望，不是將我們活躍、多樣的心靈感知裝得滿滿的嗎？

大自然呈現的美妙景緻——以及對這些美景的總體欣賞和細節觀察——都賜予人類心智浩瀚無邊的享受。恣意悠遊其中的想像力更添加其內涵與強度，不同的感覺經由組合、交叉，又創造出嶄新的感受。對榮耀的幻想與對愛情的渴望交織；世間的眞善美與個人的自尊心攜手前行；偶爾飄過的一抹憂鬱像在上面披了一層莊重的薄紗，未乾的眼淚很快又轉變成歡愉。我想說的是，精神感知、心靈起伏、甚至對某種情緒的懷想，都是人類無止境的幸福歡樂泉源。所以啊，強納堤把咖啡壺放在爐灶上發出的聲響、眼前突然出現的一杯鮮奶油，都讓我感覺如此愉快，甚至可以說刻骨銘心。

41

得意地檢視了一番我的「旅行裝」之後，我一邊把它穿上，一邊決定以專家身分爲它寫一章節，好讓讀者對它有深一層的了解。這個服裝的樣式和用途想必大家都很清楚，不必我贅言，我在這裡特別要強調的是它對旅行者造成的身心影響。我的冬季旅行服是以最保暖、最柔軟的布料製成，把我從頭包到腳，當我坐在扶手椅上，手插在口袋裡，頭縮在領口裡，模樣就像一尊印度神廟裡看不見手腳的神像。

可能會有人批評我的旅行裝對旅人的影響的理論太過偏頗，我只能回答：如果我穿著軍服配著劍在房間裡旅行一步，就像穿著睡袍走在大街上一樣滑稽無比。倘若我儀容肅整，按照規矩穿著軍服，不但不可能繼續我的旅行，甚至連自己所寫的旅行手記一個字都沒辦法看、沒辦法懂。

讀者覺得訝異嗎？君不見那些老是病懨懨，覺得自己渾身有毛病的人，其實只不過是鬍子太長沒刮，或是別人說他氣色不佳，不是嗎？衣冠對人身心影響之大，使得一個孱弱多病的人穿起新衣戴上撲了粉的假髮，自己都覺得精神抖擻起來。也因此有些人就靠著衣冠瞞過眾人也騙過自己——忽然有一天暴斃，渾身穿戴光鮮整齊，令所有的人都訝異不解。

有一次，大家忘記在幾天前預先通知X伯爵他站崗的日期，於是一名下士當天一大早就把他吵醒，通報他該前往崗哨了。他前一晚根本沒預料到，現在想到必須立即起床、套上護腿套就這樣匆匆出門，讓X伯爵驚惶失措，只好裝病，謊稱無法出門。爲了讓謊言逼眞，他披起睡袍，遣走侍衣假髮師，沒梳妝、穿戴的他看起來蒼白憔悴，他的太太和家人們立刻緊張起來，那一天他的確覺得自己「身體微恙」。

爲了圓謊，同時也眞覺得有那麼一點眞實，他逢人便說自己病了。不知不覺地，睡袍的影響力發作了：喝下的湯藥全令他噁心作嘔；親戚朋友們紛紛遣人來問候，他終於一蹶不振，臥床不起。

當晚，洪森醫師診斷他的脈搏「有點急促」，下處方次日放血。這樣一個月醫治下來，血放完人也眞的一病不起了。

想想X伯爵的例子，誰還能小覷旅行裝對旅行者的巨大影響呢？只不過錯穿了睡袍，竟讓X伯爵一命嗚呼，步上黃泉路！

42

晚餐後，我坐在壁爐旁，縮在我的「旅行裝」裡，任由它對我施展所有的影響力，等著繼續邁開腳步旅行。此時，塡得飽實的胃令我昏昏欲睡，昏沉直上腦袋，阻塞所有理性思路的通道，連感知連通的線路都被截斷，因此我的感知完全無法將訊息傳達大腦。同樣的，大腦也無法將電波輸送到身體各處——就是瓦立醫生㉑使死青蛙復活的電波。

看了以上這段開場白，讀者自然明瞭爲什麼我的頭垂到了胸口，爲什麼右手大拇指和食指肌肉鬆開，再也感應不到電波，乃至於連緊緊夾在手指間的卡拉奇歐里侯爵（Luigi-Antonio Caraccioli）的作品掉到地上也不自知。

剛才有幾個朋友來看我，我們的話題扯到最近才過世的席納博士㉒，大名鼎鼎的席納博士辭世舉世哀悼：他是個辛勤的學者、傑出的醫生、知名

㉑瓦立醫生（Eusebio Valli,1755-1816），當時代的義大利名醫，以研究瘟疫及狂犬病的疫苗、生物電性聞名。

㉒席納（Jean François Cigna,1734-1791），義大利杜林大學教授，一文學暨科學社群的創始人，該社群即杜林科學學院之前身。

的植物專家。這位優秀的醫界學者令我欽佩，然而，如果各位容許我指出所有在他手下往生的亡魂，或許他的美名會受到一點質疑？

我不知不覺就寫到了有關醫學進步的議題，這些從古希臘希波克拉底㉓以來在醫藥方面的新發現——我很懷疑那些作古的古希臘名人，諸如伯里克利㉔、柏拉圖、出名的雅絲帕西㉕，甚至希波克拉底自己，他們是像普通人一樣死於斑疹傷寒、發炎、寄生蟲，抑或是死於放血、肚裡灌滿藥方之類的醫療處方呢？

爲什麼想到以上四個人物而非其他人呢？這是我無法回答的問題——夢有道理可循嗎？我只能說，我的靈魂突然想到瓦立醫生、席納博士，以及對民主貢獻良多卻又鑄下諸多大錯的伯里克利。

至於伯里克利美麗的情婦雅絲帕西，我只能羞慚地承認是「他我」的歪腦筋。但老實想想，我覺得還蠻自傲的：因爲在夢中，理智驅使我想到四位偉大人物（席納、希波克拉底、伯里克利、柏拉圖），女人卻只想了一個，四比一——這對一個像我這樣血氣方剛的年輕軍官來說，可不容易啊！

不管是什麼原因使我想到上面四個人，沉浸在這些想法中的當兒，我的

㉓希波克拉底（Hippocrate, 460-377B.C），古希臘著名醫生。

㉔伯里克利（Pericles），西元前五世紀古希臘政治家。

㉕雅絲帕西（Aspasia），古希臘大美人，據說蘇格拉底瘋狂愛戀她，她與伯里克利產下一子。

眼皮已經闔上，進入熟睡狀態。但在閉上眼睛的時候，那些人浮現在一層稱之為「記憶」的細緻油畫布上，他們的影像在我腦中清晰出現，就像招亡魂一樣，我看見希波克拉底、柏拉圖、伯里克利、雅絲帕西，以及戴著假髮的席納博士排成一列朝我走來。

他們在壁爐四周的椅子上坐下，只有伯里克利站著翻閱報紙。

「如果你所談到的醫學新發現都屬實的話，」希波克拉底醫生對席納博士說，「而且它們如你所說在醫療上有如此大的效果，那麼每天走向陰曹地府的人應該減少很多才是，但我親自檢視過米諾斯㉖執掌的名單，死亡人數並沒有減少的趨勢。」

席納博士轉過身對我說：「想必你聽說過這些新發現吧？哈維醫生（William Harvey, 1578-1657）對血液循環的研究、史巴蘭薩尼博士（Lazzaro Spallanzani, 1729-1799）對消化系統的理論，使我們對這部分生理機制的運作瞭若指掌吧？」他接著發表了一長串所有醫學上的新發現，並詳細解說，以及所有化學研究提供的醫療方法和藥物；總而言之，他的學院派言論萬分稱頌現代醫學。

㉖米諾斯（Minos），希臘神話中地獄三位審判官之一。

我回答他：「在座幾位偉大傑出的人物難道對你剛才所說的這些新發現一無所知嗎？他們超越物質而存在的靈魂能洞悉自然界所有的現象啊！」出身伯羅奔尼撒半島的醫生祖師爺希波克拉底驚呼：「多麼大的錯誤呀！大自然的神祕是生界與死界都無法看透的，唯有造物主一人才能洞悉所有凡人不管如何努力都無法參透的事物，這是走過冥河的我們得到的一點心得。」他朝著席納博士說：「聽我一言，趁早把你從人世間帶來的那些同僚的學說理論都拋掉吧，既然千百年來所有人類的新發明都無法延長一刻生命，既然舟子夏宏（Charon）每天搖著船在冥河上載運的乘客數量毫無減少，何必費盡苦心研究醫學？一旦人死了，到了我們所處的陰間，醫學一點用也沒有。」這席話由著名的希波克拉底的嘴說出，令我相當吃驚。

席納博士微微一笑，亡者不會再嘗試泯滅事實，不敢去正視它們：他不但同意希波克拉底的論調，其實他自己也早就對醫學進步這樁事相當存疑。

伯里克利走到窗邊，重重嘆了口氣，我猜到他心情沉重的原因：他剛才正在讀一份《箴言報》（*Moniteur*），報上談及藝術、科學的沒落，他猶如眼見諸多傑出的學者放棄崇高的研究，轉而去發明新的殺戮技巧；一群嗜血的烏合之眾自比古希臘英雄，將手無縛雞之力的老弱婦孺送上斷頭台，毫無愧疚，冷血地犯下最殘酷、最無稽的罪行，這一切都讓他激動顫抖。

靜靜聽我們說話，一直未發一言的柏拉圖發現我們的談論以這種出乎意料的方式告一段落，便開始發言：

「我同意，所有你們那些物理學大師的發明對醫學都毫無用處，因爲自然界的運行是無法改變的，硬要改變的話也只會造成人類的不幸；但在人文政治學上的發現卻完全不同：洛克大師㉗對人類天性的研究發現、印刷術的發明、對歷史累積的觀察經驗、大量有內涵有深度的書籍將科學普及給一般大眾……所有這些美好的事物無疑地會使人類更高尚；我所想像的快樂、智慧共和國——在我那個時代只能當作夢想的理想國——今天想必已存在世上囉？」

聽到這個問題，老實的席納博士垂下眼睛，淚水滴落無言以對，他拿起手帕擦淚，不經意動到假髮，半邊臉就被假髮遮住了。

「不朽的神祇啊！」雅絲帕西發出一聲尖銳的感嘆，「多怪異的模樣，這也是你們偉大人物們的發明之一嗎，讓你們戴著另外一個人的腦殼？」

㉗洛克（John Locke, 1632-1704），英國哲學家，提出「經驗論」。

剛才幾位哲學家的談論讓雅絲帕西呵欠連連，她拿起壁爐上的一份時尚雜誌翻閱了好一陣子，直到席納博士的假髮令她發出上面這句驚呼。她坐的那張椅子窄小又有點搖晃，非常不舒服，因此她把兩條光溜溜只纏著綁腿的腿叉開，架在她和我之間的椅子上，手則撐在柏拉圖寬闊的肩膀上。

「這不是腦殼，」席納博士一邊回答一邊抓下假髮丟到壁爐火裡，「是一頂假髮，我不知道自己剛才爲什麼沒在旅途上把這個可笑的裝飾物丟到地獄之火裡燒掉。各位要知道，人類可憐本質裡固有的無理性與成見如此之深，連死了都還跟著我們到墳墓裡。」看見席納博士完全放棄醫學和假髮，我感到一股莫名的愉快。

「我可以向你保證，」雅絲帕西說，「在我翻閱的時尚雜誌上，大部分的髮式都應該承受和你的假髮相同的命運，那些髮式眞怪異可笑！」這位雅典大美女興致勃勃地翻閱那些時尚圖片，對各式各樣稀奇古怪的時髦打扮驚異不已。其中一副裝扮更讓她好奇：圖片上是一位年輕仕女，梳著當今最時髦的髮型，雅絲帕西覺得她的髮式高聳得可笑，而且遮住頸胸的一圈薄紗又硬又寬令人稱奇，幾乎把臉都遮去了一半。雅絲帕西驚訝不已，不知道那只是上一層厚厚的漿造成的效果，當然，如果紗沒上漿，透明一片讓酥胸也一覽無遺，想必她會加倍吃驚。

「請告訴我們，」雅絲帕西說，「爲什麼今日女性的服飾不像是穿衣，而像是遮蓋，全身上下裹著一層層怪異重疊的布料，連唯一能讓人看得出性別的臉也遮住一大半！整個身軀像包粽子一樣一層又一層，脖子、手臂、腿全都密不透風：爲什麼你們這些血氣方剛的年輕勇士不打破這個奇怪的習俗呢？以穿著服飾看來，今日婦女比我們那個時代要保守多了。」

說了這段話，雅絲帕西看著我好像在等我回答，我只好假裝沒看到，裝做不經意地拿起火鉗，把沒燒盡的假髮往火裡推。我看見雅絲帕西腿上纏的薄皮綁腿有一片鬆脫，立即俯身下去，嘴裡說著：「且容我爲妳綁好，美人兒。」一邊把手伸向她那令在座諸位大哲學家們目眩神迷的玉腿。

我相信我當時確確實實是處於夢遊狀態，因爲我的確做出了以上描述的動作，趴在那張椅子上，打瞌睡的羅西娜以爲這個動作的對象是牠，輕巧地躍入我懷裡，埋進我睡袍寬大的陰影之下。

幻妙的想像國度啊，讓人能從眞實世界抽離，在你溫馨熱情的疆域裡得到慰藉。無奈我必須離開了。

就在今天，我命運懸之於手的幾位先生們聲稱將還我自由，好像他們曾剝奪了我的自由似的！就好像他們曾扣押我一分一秒的自由，誰料到我竟隨心所欲地在最廣闊的空間裡悠遊！他們禁止我在這個城市裡行走，如此而已；但天地如此遼闊，宇宙和永恆都在我的掌握之中。

今天我自由了，或說我又將投入人間煉獄了！塵世種種規範又將像枷鎖一樣套在我頸間，行為舉止都要考慮到禮儀和責任——要是有個調皮的女神前來讓我忘懷世間枷鎖，讓我掙脫禮儀和責任的禁梏，該有多好！

啊！多希望旅行繼續持續下去！命令我不許出房間難道是一個懲罰嗎？在這個美妙的空間，包藏世上所有的美好豐富，怎能算是懲罰？這就像把一隻老鼠放逐在穀倉裡一樣。

然而，我深切地體會到我的「雙重面」：當我遺憾不能再神遊想像世界的同時，卻又感到安慰，因為內心一股祕密的力量拉扯著我，告訴我：我需要新鮮空氣與藍天大地，寂寞的獨處像死亡壓迫著我——我裝扮整齊啦；——房門打開啦；——我在波街上的門廊騎樓間漫步；——千百個熟悉的影子在我眼前飛舞；——對，就是這棟宅院——這扇門，這座階梯；——想到要重回這個熟悉的世間令我心驚膽寒。

我領略到酸澀的前味，如同切開一顆檸檬，尚未入口已聞其味。

喔，我的「他我」，我可憐的「獸性」，咱們可要留神小心了！

房間裡的旅行告終